GESCHICHTEN
DIE DAS LEBEN SCHRIEB

Alexander-Hermann-Nicolai Hansen

I

Dieses Buch in seiner Gesamtgestaltung ist vom Autor strukturiert worden, aus dessen Fundes auch die Fotografien entnommen sind.

Herstellung: Books on Demand GmbH
D-22848 Norderstedt

ISBN 3-8311-2552-X

Mein Dank gilt besonders Edith Meinke, Lübeck, deren Zeichnungen ich verwenden durfte, sowie Rosemarie Thiel, Berlin, die als ‚Lektorin' am Inhalt und Werden intensiv mitgewirkt hat und letztendlich der Mitarbeit von Irmtraud Völtz, Norderstedt.

Die Anregung für die Erzählung ‚Man erinnert sich' und ‚Die Stromsparerin' gaben Hanna Brinkmann und Edith Meinke. An dieser Stelle mein besonderer Dank dafür.

Ein Hinweis zuvor

Interessant ist es doch zu erfahren, dass schon vor 2500 Jahren gesagt wurde: „Es werden viel zu viele Bücher geschrieben." Und dies sagt wahrhaftig der Prediger in dem Alten Testament. Und nun auch noch dieses Büchlein. Außerdem wird auch davon gesprochen: „Wenn dein Buch nicht vorhanden ist, dann wird man es nicht vermissen." Nun aber ist es da! Wird man es vermissen?

„Wenn man älter wird, denkt man nicht – man erinnert sich." So sagte es Will Quadflieg als Herr Sachs im TV-Spielfilm ‚Der große Bellheim'. Ich denke allerdings doch(!), nämlich ein Angebot zu machen: Dem Jüngeren vorzustellen, wie es gewesen ist, dem Älteren das Gestern in Erinnerung zu bringen.

Im Leben jedes einzelnen Menschen werden vielfältige Ereignisse durchlebt. Angenehme und solche, die nicht so angenehm waren und sind. Ein jeder kann vieles erzählen und vom Hoch und Tief seines Lebens berichten. Deshalb sollen hiermit schlichte Geschichten, die das Leben schrieb, zum Lesen angeboten werden, die möglicherweise auch Hinweise dafür geben, wie Brücken gebaut werden von Mensch zu Mensch und zwischen Himmel und Erde.

Leben ist vom Standpunkt der Jugend aus gesehen
eine unendlich lange Zukunft,
vom Standpunkt des Alters aus
eine sehr kurze Vergangenheit.
Arthur Schopenhauer

MAN ERINNERT SICH

„Ihr werdet euch wundern, wenn man wie wir in die Jahre gekommen ist, dann kann man was erzählen –, nicht nur, wer eine Reise tut", rief Hanna aus der kleinen Küche ihrer Ferienwohnung ihren Gästen zu. Die warteten im aparten Wohn-Schlafzimmer schon auf den Kaffee. Von Anneliese und ihrem Mann wurde sie und ihre beiden Schwestern Elfriede und Margarethe im Ostseebad Grömitz oft besucht. Mit ihrem Ruf aus der Küche brachte sie zum Ausdruck, was auch der Schauspieler Will Quadflieg als der Herr Sachs in dem TV-Spielfilm 'Der große Bellheim' auszusagen hatte: „Wenn

man älter geworden ist, denkt man nicht, man erinnert sich."

Und wenn die *'Fünf'* beisammen waren, gab es auch nicht viel zu denken, sondern sich an vieles zu erinnern. Das betraf jedoch mehr die Frauen als den Alexander. Er ist der Mann von Anneliese und demzufolge ein Neuling in diesem

1

Kreise. Die Frauen hatten 'das Sagen', da er nicht mithalten konnte, um mit ihnen Erinnerungen austauschen zu können. Anneliese und Hanna waren Jugendfreundinnen.

Zur Wiederbegegnung nach Jahrzehnten war es gekommen, wie es oft und in vielen Familien geschieht. Kirchenmusiker erleben vielfach, dass ein Wiedersehen nach langer, ja langfristiger Zeit oftmals an ein und dem selben Ort geschieht: Auf dem Friedhof. Dort treffen sich Menschen wieder, die sich über Jahrzehnte hinweg nicht gesehen und miteinander gesprochen haben. Wie es zu einer Trennung auch gekommen sein mag, ob durch Ortswechsel oder durch Missverstehen bis hin zu Feindseligkeiten, mannigfach sind die Ursachen. An diesem Ort aber wird eines deutlich, es ist das irdische Ziel aller Menschen! Am offenen Grab wird es dem Menschen bewusst gemacht und vor Augen geführt, wie nichtig vieles im menschlichen Leben ist. Aber aus dieser am Grab durchdringenden Wahrnehmung des Vergänglichen dieser Zeit, dem Mitgefühl und dem Empfinden des Seelenschmerzes entstehen neue Kräfte. Gegenüber dem Nächsten wird ein neues Entgegenkommen erweckt, bis hin zur Vergebung. Losgelassene Bande werden aufgenommen, festgezurrt und verknüpft. So erging es auch der Anneliese. In Herford geboren und seit 1943 in Hamburg, die Wirren des vergangenen Krieges mit allen ihren Auswirkungen durchlebt –, da lösten sich die bisherigen Bande, und es geschah, wie der Volksmund sagt: „Aus den Augen, aus dem Sinn".

Jahrzehnte waren inzwischen vergangen. Am offenen Grab von Alexanders Schwiegermutter stehend, riefen drei adrett aussehende ältere Frauen laut: „Bist du nicht Anneliese?, hast dich aber gar nicht verändert, eben nur älter geworden, ach nee, dass wir uns wiedersehen." So kamen sie wieder zusammen. Als späteres Mitglied wurde Alexander bei dem verabredeten Treffen mit einbezogen. Doch es kam nach Monaten dann so, dass es hieß: „Alexander und sine veer Jungfruen!", siehste!

Nun saßen sie also in der Ferienwohnung bei einem der vielen gemeinsamen Kaffeeplauschs. Die vier Frauen hatten in ihrer Jugendzeit ja vieles erlebt, und berichtet wurde von dem und der und denen, die bereits das Zeitliche gesegnet haben, wie es eben bei solchen Treffen zugeht. Allerdings war Alexander vielfach nur stiller Zuhörer, obwohl er doch manchmal mit der Frage angesprochen wurde: „Na, langweilt es dich nicht, was wir so zu erzählen haben, oder?" Darauf konnte Alexander treuherzig seine Meinung darlegen, dass es interessant sei, etwas aus dem Jugendleben seiner Frau zu erfahren. Sobald aber alles aus dem Fundus der Erinnerungen erschöpft war, hakte er nach; denn aus dem Erlebten der drei Frauen wollte er schon mehr wissen. „Was habt ihr Besonderes mit euren Kindern erlebt?", und dies ist ja immer ein wichtiger Punkt, um Mütter zur Berichterstattung zu animieren.

Elfriede sagte: „Da kann ich nicht mithalten; denn ich habe keine Kinder, aber Hanna und Margarethe können schon eher davon erzählen."

Hanna, die Jüngste der Drei, setzte sich in ihrem Sessel aufrecht, sah alle an und meinte: „Ich kann keine besonderen Erlebnisse erzählen, außer einigen Begebenheiten, die, so meine ich, schon im Kindesalter die Charaktereigenschaften eines Menschen erkennen lassen", sie hielt inne, trank einen Schluck Kaffee, sah Alexander an und sagte: „Das könnte dich interessieren und in einer deiner Geschichten untergebracht werden, passt mal auf! – Mein Mann Heinz, ein passionierter Taubenzüchter, leider zu früh verstorben, und ich schauten eines Sonntagmittags aus dem Fenster; denn unser Sohn Heinz-Dieter war noch nicht zum Essen erschienen. Er spielte sowohl im Kindergarten als auch sonst vielfach mit dem Sohn meiner Klassenfreundin Senta zusammen. Ihr Sohn heißt übrigens Hans-Dieter. Unser Heinz-Dieter und ihr Hans-Dieter waren beide vier Jahre alt. Da geht plötzlich bei meiner Klassenfreundin das Fenster auf – sie wohnte uns gegenüber – und fragte: ‚Ist Dieter bei dir?'

Ich rief zurück: ‚Nein, ich denke mein Dieter ist bei dir!?' Beide Dieter waren verschwunden."

„Das hast du uns ja noch nie erzählt, was haben die denn gemacht, einfach so verschwunden?", fragte Margarethe und zündete sich vor erregter Spannung eine Zigarette an.

„Nun ja, es war Schmuddelwetter", erzählte Hanna weiter, „kein Frost, nicht kalt, aber ungemütliches, nasskaltes Wetter. Die Zeit verging, Mittag war vorbei, es wurde zwei, es wurde drei Uhr", man konnte beobachten wie Hanna wieder in das Spannungsmoment von damals kam, und dann schilderte sie aufgeregt, dass abwechselnd Vater und Mutter aus dem

4

Fenster schauten, um die Jungen herbeizu-sehen. Als nun ihr Mann an der Reihe war, die Werrestraße zu beobachten, rief er nach einer Weile: „Hanna, guck mal, wer kommt da wohl?".

Nun konnten die Eltern von hüben und drüben sehen, wie die beiden Jungen an der Hand eines etwa vierzehnjährigen Mädchens, das im Haus von Heinz-Dieters Großeltern wohnte, geführt wurden. Als die Gruppe nun näher gekommen war, nahe am elterlichen Hause, da rief Mutter Senta ihrem Jungen zu: „Du kriegst 'ne Naht!", und Hanna bestätigte ihrem Jungen: „Und du auch!"

Dann sei aber Vater Heinz an die Haustür gegangen, um aufzuschließen, und vor der Haustür habe ein schuldbewusster Sohn gestan-den. Er sei sich dessen wohl bewusst gewesen, eine gerechte, aber handgreifliche Strafe zu erhalten. Dann hätte Dieter seinen Vater ange-guckt, sein Haupt gesenkt und gefragt: „Darf ich erst pillern?", – und er durfte.

Nun ging der Vater mit dem Sohne auf die Toilette und beobachtete, wie der kleine durch-frorene Junge mit klammen Händen versuchte, seinen Pillermann aus der Hose herauszuholen, um sein Geschäft zu erledigen. Als er dies arme frostzitternde Geschöpf gesehen hatte, verflog beim Vater jegliche Verärgerung. Heinz-Dieter sei dann stolz in die Küche gekommen, wo die Mutter mit der Inge war, dem Mädchen, welches die Jungen nach Hause gebracht hatte, habe seinen Kopf etwas zur Seite gelegt und schelmisch die Frage gestellt: „Na, hab' ich nun Senge gekriegt?"

„Na, hat dein Heinz ihn denn wohl geschlagen, das trau' ich ihm nicht zu?", warf die mitleidige Elfriede dazwischen.

„Da hast du recht, meine Liebe, er konnte es nicht. Ich aber war doch sehr verärgert. Die Ängste, die man als Mutter so empfindet! Männer sind da wohl mehr auf Ausgleich bedacht", ergänzte Hanna.

„Ist das denn alles? Welche Umstände haben den Jungen veranlasst, zu seinen Großeltern zu gehen und seinen Spielkameraden mitzunehmen?", fragte Alexander und meinte, „meistens liegen doch bestimmte Beweggründe vor, wenn man sich im Jungenalter derart verhält. Das habe ich selbst erlebt und manchen Streich verübt."

„Ja, dein Dieter, Hanna, das ist schon ein Bursche, er hat schon als Junge stets die Initiative ergriffen; denn er war oft in unserer Straße und kam eines Tages auf die Idee ... ", Magarethe musste an sich halten; denn aufgeregt verschluckte sie sich.

Hanna aber guckte ihre Schwester neugierig an und fragte: „Davon weiß ich ja gar nichts, der war bei euch in der Straße?"

„Ja, ja", erwiderte Margarethe und setzte ihren Einwurf fort: „Also Dieters Idee war, 'Wir bauen uns eine feste Bude in den Garten!', und das ist unserer", erwähnte Margarethe, „ja, in unser'n Garten. Gesagt, getan: Er veranlasste, dass alle Kinder sich von einer Firma, die in unserer Nähe war, Abfallholz und alles, was man zum Bauen benötigt, holten. Über Tage waren sie beschäftigt, aber der Dieter, und das muss ich sagen, war der Geschickteste unter allen. Doch ich erzähl' das bei anderer Gelegenheit weiter", unterbrach Margarethe sich, trank einen Schluck Kaffee, zündete sich eine Zigarette an und forderte Hanna auf, weiter zu berichten, es sei doch spannend mit dem Abstand von einigen Jahrzehnten, derartige Begebenheiten zu hören.

„Nun ja –, beide Jungen", so begann Hanna nun wieder, „hatten lediglich einen Pullover an, wie man den so im Zimmer trägt. Unser Heinz-Dieter sagte zu seinem Freund Hans-Dieter: 'Wir besuchen heute meine Großeltern, und ich nehme dich mit!' So zogen die beiden frohgemut los und gingen zu Oma und Opa. Die Großeltern waren hocherfreut und stolz über den unverhofften Sonntagsbesuch, waren aber doch erstaunt, als die Knaben unvermittelt sagten: ,Wir wollen heute bei euch schlafen!' Hier muss ich aber daran erinnern, dass es damals privat kein Telefon gab, nur Geschäftsleute hatten eins."

„Wie aber die Kinder zu ihren Eltern zurückbringen", beendete Hanna ihre mütterliche Darstellung, „Oma und Opa sind doch auch in großer Sorge gewesen. Also wurde die Inge, die mit ihren Eltern im Hause der Großeltern wohnte, beauftragt, die Burschen wieder in die heimatlichen Gefilde zurückzubringen. – So, das war's, mehr weiß ich im Augenblick nicht", war Hannas Abschluss.

Um die weitere Entwicklung des Heinz-Dieter und seine Handlungsweise zu verstehen, fragte Alexander: „Welchen Beruf hat dein Sohn, Hanna?"

„Er ist Revisor bei einer großen Firma",
antwortete die Mutter mit Stolz und ergänzte,
„über zwanzig Jahre ist er dort tätig. Schon der
Klassenlehrer sagte mir, dass er ein treuer und
zuverlässiger Junge sei. – Das ist er auch!"

Aus dem Bericht einer stolzen Mutter wird
augenfällig: Sobald ein Mensch ein Ziel hat,
spielen Zeit und Raum nicht die geringste Rolle.
Der Sohn setzte seine Gedanken in die Tat um:
Seine Großeltern wollte er besuchen, also ging er
schnurstracks drauf los. Seinen Gefährten nahm
er mit auf s e i n e n Weg und erreichte sein Ziel.
Treue und Beständigkeit sind dafür die
zugrunde liegenden Charaktereigenschaften.

Jakobikirche im Ort des Geschehens

DER SEELENDOKTOR

Nasskalte Herbstwitterung war es. Heftiger Wind peitschte den Regen durch Bad Driburg. Ein

trübseliges Sein! So auch für Julia. Sie stand am Fenster und sah in den Garten des Sanatoriums: „Alles so trostlos; Martin und die Kinder allein auf sich gestellt –, die unklare Aussage des Arztes –, ach nein ..." Ihre Gedanken rotierten, Unruhe bewegte ihr Gemüt. Die sonst so beherzte, stetig frohgestimmte Frau war hoffnungslos. Sie warf sich aufs Bett –, sie weinte still.

„Was bist du, meine Seele, so tief betrübt? Was bist du so erregt in mir? Harre nur auf Elohim! Denn ich werde IHM noch danken: ER ist ja meine Hilfe."

„Haben wir diesen Psalmvers nicht erst letztens mit unserer Kantorei gesungen ...?" überdachte sie und mit dieser Erinnerung stand sie mutbeseelt auf, erfrischte sich, ordnete ihre Kleidung

9

und trat auf den Flur. Da stand sie nun, schaute nach rechts zum Treppenhaus, nach links zum Flurende, wo die Aufenthaltsräume sind und überlegte: „Geh' ich ins Fernsehzimmer oder zu den strickenden Frauen –, und das bei nichtssagender Unterhaltung?"

Plötzlich horchte sie auf: „Spielt da nicht jemand Klavier?" Eilends ging sie auf das Musikzimmer zu und wartete vor der Tür: „Da spielt ja jemand die Mozartsche Sonate, die ich ja auch geübt habe –, ob ich wohl hineingehe?" dachte sie und öffnete behutsam die Tür. Auf Zehenspitzen ging sie, um nicht zu stören, zu dem nächststehenden Stuhl. Sie war die einzige Zuhörerin.

Am Flügel saß ein Mann im guten Mittelalter. Er spielte die ihr gut bekannte Sonate. Nun saß Julia hier, ein unerwarteter Augenblick.

Sie wollte andächtig zuhören. Aber da entdeckte sie die Holzsandalen des Spielers, die eine stand links, die andere rechts neben den Pedalen, und rote Wollstrümpfe hatte er an. Eine dunkelblaue Bundhose rundete das Bild ab. Über dem Notenpult war nur der Haarschopf zu sehen, der sich wie ein Paukenschlegel im Rhythmus hin und her bewegte. Wahrhaft, ein Bild zum Kichern! Plötzlich fühlte sie sich in ihre Jungmädchenzeit versetzt, und Heiterkeit erfüllte sie. Die Wehmut war verschwunden! Aufmerksam lauschte Julia, schmunzelnd. Der Andante-Satz war beendet. Es folgte der Schluss-Satz, das fröhliche Rondo mit den heiter aneinander gefügten Melodien. Es war herrlich, wie sie so locker und leicht den ganzen Satz ausmachten, und im Gleichklang empfand sie es mit ihrem Gemüt. – Schlussakkord!

„Ob er wohl weiterspielt?" Sie wünschte es sich so sehr. Und er begann: Eine einprägsame einstimmige Tonfolge, kurz und ernst. Dann war dieselbe Melodie in der zweiten Stimme zu hören, wobei die erste ein harmonisch gesetztes Gegenthema übernahm. Nun kam die Anfangsmelodie in einer höheren Tonlage dran, und alle drei waren musikalisch miteinander vereint. Dann – als letzte und vierte Stimme – erklang die prägnante Tonfolge im Bass. Alle Stimmen waren wie ebenbürtige Partner zu hören, und jede führte das Anfangsthema wohlklingend mit sich bis zum Schluss der Fughette.

Julia war ganz Ohr: „Ausgezeichnet gespielt, sauber und klar, doch mehr ergreift mich die Sonate ..." , so war sie ganz in ihre Gedanken versunken. Ihre Handtasche hatte sie vergessen, und da polterte es. Der Pianist erschrak und stand kerzengerade vor dem Flügel, während der Klavierhocker krachend umfiel. – Eine unvermutete Situation. Und, um zu retten, was zu retten war, ging Julia beherzt auf den großen, schlanken Mann zu, und strahlend sagte sie: „Guten Tag, ich bin schon eine Weile hier und durfte Ihnen zuhören; bitte entschuldigen Sie meine Ungeschicklichkeit."

Durch die plötzliche Unterbrechung war er etwas verwirrt, daher zog er seine Sandalen etwas ungeschickt an seine Füße. Während nun beide auf die Sesselecke zugingen, sagte Julia: „Ihr Klavierspiel hat mich wieder ermuntert, Sie haben mich dadurch wieder mit neuem Optimismus erfüllt!"

„Wie gut, dass Musik das noch vermag", sagte er, während er sich ihr gegenüber in den Sessel setzte, und sichtlich bewegt fügte er hinzu, „Freude bereiten ist für einen Musiker eine der schönsten der an ihn gestellten Aufgaben, und wenn dadurch ein Mensch beglückt wird, ist das der beste Ausgleich für alle Mühen des Übens."

Julia war wieder ganz sie selbst und begann: „Die Klaviersonate vom 'Wolferl', die Sie gespielt haben ...", sie hielt inne und überlegte: „Ich hab' mich noch nicht vorgestellt," dann sagte sie fröhlich: „Ich bin Julia, und die Mozartsche Musik hat mich aus meinem Trübsinn herausgeholt; doch das letzte Musikstück ..."

„Ist von Max Reger als Fughette komponiert mit dem Titel 'Fast zu ernst'..."

„Sehen Sie", sagte sie ernsthafter, „und das stimmte nicht mit meiner neugewonnenen Stimmung überein..."

„Und Sie, verehrte Julia, wurden aber durch Musik wieder mit neuer Tatkraft durchdrungen. Denken Sie nur an Ihre Handtasche!"

Beide lachten, er aber überlegte: „Ich werde mich nun auch vorstellen müssen." Doch der Schalk packte ihn, er stand auf, und mit ausgestreckter Hand sagte er heiter: „Sie sind also Julia, so bin ich der Romeo! Oder der Julius?"

„Ach nein", sie schlug lachend ein in die ausgestreckte Hand, „wie ist's möglich; soll man's für wahr nehmen?"

Nach einer kleinen Pause blickten sich beide versonnen an. Julia aber wollte sich gern weiter über Musik unterhalten und meinte: „Sonaten, auch Symphonien, sprechen mich persönlich doch mehr an als die Fugenform. Besonders die Beethovenschen Motive, die er wie Symbole erscheinen lässt und dramatisch ..."

„Mit diesen Klängen insgesamt Geschichten erzählt ..."

„Ja –, und das mehrfältige Wesen dieser Musikformen mit ihren Gegensätzen und der bestehenden Einheitlichkeit ..."

„Ist fesselnder und in den Bann ziehender als eine Fuge, so meinen Sie doch?" warf er ein.

Sie nickte bejahend.

Mit erhobenem Zeigefinger sagte er dozierend, während er aufstand: „Die Fuge jedoch, mit dem einzigen Thema, ist ein Zustand musikalischer Ordnung und verzichtet im Gegensatz zur Sonate auf launische Überraschungen –, die nutzen sich ab", sprach's und setzte sich wieder in den Sessel.

Überlegenheit?

Für eine Weile blieb es still. Sie dachte darüber nach.

Er aber wollte dieses Gespräch noch weiter vertiefen und fuhr fort: „In der Sonate werden die zwei oder drei Motive gleich im Hauptsatz vorgestellt und sind, und das ist das Wesentliche hierbei, komponierte Einfälle ..."

„Die den Hörer mit jäher Plötzlichkeit ergreifen", rief sie, stand mit erhobenen Händen auf und deklamierte: „Und in den ersten Takten das Ziel erkennen lassen; ein gerader Weg, wie ein Gebot!"

Sie holte tief Luft und setzte sich.

Von so viel Temperament überrascht und gleichfalls neugierig geworden, fragte er: „Sind Sie Schauspielerin?"

„Nein", entgegnete sie aufgemuntert und erfreut, „Apothekerin, glückliche Ehefrau, Mutter von zwei Kindern, ein klein wenig lädiert, aber wieder froh und zuversichtlich durch Ihr überzeugendes Musizieren, Sie

Seelendoktor."

ERWECKTES LEBEN

Es weichet nicht der Winter
Aus unserm schönen Land,
er spielt den strengen Ritter
mit grausig kalter Hand.

Doch Winter du
musst weichen!
Der Frühling
kommet schon!
Dein' Kraft wird dir
nicht reichen
Der Tod, der ist
dein Lohn.

Was nützet dein Gebärden,
Du strenger Winter du.
Der Frühling wird's dich lehren,
Wo du bist bald im Nu.

Bald scheint die warme Sonne,
Wenn Frühling Einzug hält,
Begrüßt sie ihn mit Wonne,
Den wunderstarken Held.

Dann weckt ein neues Leben
Der Frühling in uns auf
Und gibt ein neues Streben
In unsern Lebenslauf.

ZWEI GLEICHARTIGE EREIGNISSE

Starke Nackenschmerzen quälen Nicolai. Seit Tagen! Seit Tagen quält ihn, eine zutreffende Beschreibung von Menschen zu finden, die aufgefordert sind durch wüstes Land zu marschieren. Was bewegen und empfinden diese Erdenbürger? Dieser Fragestellung möchte er Antwort geben. Denn kein Baum, kein Strauch belebt den Umkreis, nur kleinere und größere Felssteine befinden sich auf dem Wege. Unerträglich ist der von den Voranmarschierenden aufgewirbelte Staub, der den Atem verschlägt.

„Wie kann ich mit wenigen Worten dem Leser eine derartige Situation verständlich werden lassen, damit er etwa die gleichen Empfindungen durchmacht, wie sie damals vor über drei Jahrtausenden Menschen durchlebten, die vom Berge Gottes, den Horeb, bis an die Grenze Kanaans ziehen sollten?", so ist sein Gedankengang, während er zur späten Nachmittagsstunde vor dem Schreibcomputer sitzt. Wie festgemauert in der Erden sind seine Überlegungen.

Plötzlich wird er von einem Gefühl bedrängt, welches unerklärbar ist. Er wird gezwungen sofort aufzustehen und auf die Terrasse zu gehen. Es geht ihm so, wie zu seiner Zeit es unserem hochgeschätzten Johann Wolfgang v. Goethe ergangen sein muss, als er schrieb: *„Ich ging im Walde so für mich hin, um nichts zu suchen, das war mein Sinn.“* Allerdings, er ging damals –, Nicolai aber steht –, und zwar auf der Terrasse. Es muss sich aber etwas ereignet haben! Er schaut sich um, nichts Besonderes ist zu bemerken.

Sobald Nicolai in den Garten geht, ist sein erster Weg zum Teich. Hier kommen dann stets die Goldfische mit geöffnetem Maul erwartungsvoll auf ihn zugeschwommen, um ihr Futter entgegenzunehmen. Es ist erfreuend zu beobachten, wie sie nach den einzelnen Futterstücken schnappen.

Dies kann es nicht gewesen sein; darum geht er am Ufer des Teiches entlang und erstaunt erblickt er, dass ein Wollknäuel im Wasser schwimmt. Ein Wollknäuel? Ein grauer Wollknäuel mit Schwimmbewegungen? Jetzt erst erkennt er: Ein Igel ist es, der das steile Teichufer nicht überwinden kann. Trotz starker Rücken- und Nackenschmerzen, die ihn wahrhaftig plagen, geht er in die Knie, greift ins Wasser unter den Igel, packt dessen Vorderpfoten, zieht ihn heraus und legt ihn auf das Trockene. Der Igel spuckt Wasser, versucht zitternd vorwärts zu kommen, bleibt dann aber liegen. Schnell ein Frottéhandtuch geholt, vor seine Schnauze gelegt und er kriecht langsam drauf. Er zittert. „Was wäre zu tun? Ob man ihn mit einem Fön trocknen darf?“ Gedacht, getan! Er knurrt, Nicolai fühlt es in seiner Hand. Der Igel reckt und streckt sich. Die Vorderpfoten streckt er dem warmen Luftstrom entgegen und macht nun seine Augen auf. Er wird sich sicherlich wohl fühlen. Das rechte Hinterbein liegt anders am Körper als das linke. Ist es beschädigt? Diese Frage war berechtigt; denn Nicolai hat noch nie einen Igel in der Hand gehabt, geschweige denn von unten betrachten zu können. Der Igel bleibt ganz ruhig, der warme Luftstrom gefällt ihm sicherlich; nun plötzlich bewegt er sein rechtes Hinterbein und streckt es der Wärme entgegen. „Das Bein ist also doch nicht beschädigt", eilen die Gedanken Nicolais, und eine gewisse Freude bewegt ihn.

Blitzartig und unerwartet fällt ihm ein, wie es vor fünfzig Jahren war. War es nicht ähnlich wie heute? Damals war auch eine Aufgabe zu lösen und auszuarbeiten: Gleichfalls ein Problem, nur anders geartet. Es galt eine vorgegebene Choralmelodie einmal in der Fassung altkirchlicher Manier und andererseits in der Art der Kompositionsweise der Romantik als vierstimmigen Satz zu schreiben. In diese Arbeit vertieft, hatte ihn damals das gleiche unbestimmte Gefühl wie heute gepackt. In Kirchdorf, bei Hamburg-Harburg, saß er in seinem Studierzimmer, und das gleichempfundene Gespür zwang ihn, vor die Tür des Hauses zu gehen. Wie von einer Hand geführt, kam er an den nahe gelegenen Teich des Dorfes. Von dem kleinen Sandstrand aus beobachtete er die Wasseroberfläche. Anfangs war auch nichts zu sehen, was seine Aufmerksamkeit hätte ansprechen können. Doch da –, was war das? Im Wasser drehte sich ein heller Körper –, ein Kinderrücken! Sich der Kleidung entledigen und reinspringen war eins. Nicolai packte zu und hatte einen fünfjährigen Jungen in den Armen. Als das Wasser erbrochen, der Junge wieder atmete und abgetrocknet war, rief er: „Mein Bruder, mein Bruder!" und zeigte auf den Teich. Fragen zu stellen war unangemessen. Da es ein Brackwasserteich ist, also ein stehendes Gewässer mit dunkler Färbung, ist es kaum möglich darin etwas zu erkennen. Es gab nur eine einzige Lösung: Wieder hinein und den Grund abtasten. *Gott sei es gedankt,* nach mehrmaligem Tauchgang fand Nicolai den dreijährigen Jungen am Grund liegen und konnte ihn ans Ufer bringen. Mit erlernten Handgriffen wurde der Junge ins Diesseits zurückgebracht. Was damals schon ziemlich verwunderlich war und was auch heute noch so zu sein scheint, ist die untätige Neugierde der Zuschauer. Plötzlich war die sonst nicht so belebte Uferumgebung voller Menschen, keiner rührte sich, sie gafften nur. „Holt doch die Mutter herbei!" schrie Nicolai laut. Das geschah –, sie kam und schrie. – Was sie geschrieen hat, daran kann sich Nicolai nicht mehr erinnern. Jedenfalls nahm sie ihre beiden Jungen und verschwand – ohne Dank. – Fünfzig Jahre ist es her. Fast aus dem Gedächtnis entschwunden, doch heute kommt es ihm wieder in den Sinn.

Als der Igel wieder trocken und auf weichem Bodendecker lag, wurde er umhüllt. Seine kleine Schnauze bewegt er, lugt unter dem Handtuch hervor und blinzelt mit den Augen.

Ob das wohl ein **Igel-Dankeschön** sein kann?

Kinder und Uhren dürfen nicht ständig

aufgezogen werden,

man muss sie auch gehen lassen.

Jean Paul

SZENEN AUS DER KINDERZEIT

Als ich noch ein Knabe war – es ist schon etwas länger her – waren die Lebensverhältnisse tatsächlich anders und jetzt nur noch Erinnerung. Von dieser Tatsache möchte ich keineswegs erzählen, auch keine Geschichte erfinden, sondern nur einen Aufsatz schreiben, etwa wie mit *Knabenaugen* gesehen. So, wie die tatsächliche Tatsache nun einmal war. Und das war zu jener Zeit stets die Mitte eines Monats, die meine Eltern immer mit mir feierten.

Mutti guckte nämlich am 14. jeden Monats in ihr Portemonnaie, zählte die darin enthaltenen Pfennige, erteilte mir einen Auftrag und feierte mit mir allein. Aber am 15. eines jeden Monats feierte Vati mit Mutti und mit mir. Die Begründung dafür war eigentlich, um ein „Danke" zum Ausdruck zu bringen. Aber nun schön der Reihe nach.

Mutti nahm ihr Portemonnaie, öffnete es, ging zum Küchentisch und schüttete den Inhalt aus. Es war das vom monatlichen Haushaltsgeld übrig gebliebene *Restgeld.* Wie erwähnt, es waren Pfennige. Allerdings war der Wert des Geldes höher anzusetzen, als es heute der Fall ist.

„Ali, min Jung', roller nun mal los und hol, na du weißt schon", sagte Mutti, und ich, ausgerüstet mit einem Tragenetz und einer Schüssel darin, rollerte los.

Wisst ihr überhaupt, was rollern ist? Nee? Mit 'n Roller rollert man, fast so, wie man ja auch mit 'n Pferd fährt, klar? Wisst ihr denn gar nich', was 'n Roller is? Nee?

'n Roller is 'n Brett mit eisenbeschlagenen Rädern. Hint'n is 'n Rad und vorn auch. Vorn, wo an dem Brett kein Rad is, da is 'n Scharnier, und an diesem Scharnier is ne lange Holzstange angemacht, die unten das Vorderrad hat und oben an dieser Stange is dann quer ein Holzgriff, den man greifen kann, mit beiden Händen, die man doch hat, um damit was anzufassen oder auch zu greifen. Begriffen?

Auf das Brett stellt man sich mit einem Bein rauf – ich mit dem rechten – und mit dem anderen – ich mit dem linken – tritt man dann auf 'n Boden und der Roller rollert los. Nun wisst ihr, was 'n Roller is und was Rollern is. —

So war das früher schon.

Tschä, ich rollerte also los bis zu Grützmachers. Der war kein Grützemacher, nee, der hieß nur so und hatte ein Milchgeschäft; denn der war ja ein Milchmann. Ein Milchmann hatte meist 'n Handwagen mit zwei großen Speichenrädern, die auch mit Eisen beschlagen war'n. An diesen Rädern war'n zwei aus Eisen gemachte Blattfedern befestigt und an diesen war je eine lange Stange dran. Die gingen von vorn nach hinten und war'n mit Querstangen verbunden. Und an diesen Querstangen waren Haken, da konnte man Milchkannen dranhängen. Die Milchmänner hatten meist auch 'n Hund, aber nicht nur zum Aufpassen, nee, der war immer vorn bei diesem Milchwagen, hatte 'ne doppelte Ziehleine um seine Brust um und zog dann den Milchwagen dahin, wie's der Milchmann wollte, und dahin, wo der überall seine Milch auf der Straße verkaufen wollte. Wenn der Milchmann was verkaufen wollte, was er ja gern tat und auch tun musste, um für seine Familie zu sorgen, hielt er an. Der Hund freute sich, schnaufte und legte sich hin und streckte seine Zunge raus, um sich zu kühlen; denn das kann der nur mit seiner Zunge. Der Milchmann nahm dann ´ne große Handglocke und schellte damit ganz doll, damit seine Kundinnen es hören konnten. Die kamen – wie auf Kommando – dann auch alle aus ihren Häusern. In den Händen hatten sie ihre Milchkannen und bestellten dann beim Milchmann, wie viel Liter Milch sie haben wollten. Mit 'ner Maßschöpfkelle holte der Milchmann aus einer großen Milchkanne dann die Milch hervor, füllte damit die gewünschte Litermenge in die Kanne seiner Kundin und wenn das Maß dann voll war, schwupste er noch 'n klein bisschen drauf, damit sich keine Kundin betrogen fühlt. Abgewogene und in Pergamentpapier eingepackte Butter und Käse hatte er auch im Korb am Wagen. Aber mit Eiern war er sehr vorsichtig, wie man verstehen kann. Und ob er immer welche bei sich hatte, weiß ich heute nicht mehr. Die Kundinnen blieben meist noch im Kreise stehen und schwatzten gern mit ihm über dies und das. —

Ja, so war das.

Nun angerollert beim Milchmann – Mann, das war über ein Kilometer von uns inne Mühl'nstraße bis zum Alten Rathaus, wo der seinen Laden hatte! Als ich dann eintrat, schellte die Türglocke, und mit freundlichem Lächeln stellte sich Herr Grützmacher – der ein ehemaliger Verlobter meiner Lieblingstante, Tante Käthe, war – hinter die Theke und fragte: „Na, willst mal wieder Schlagsahne hol'n?"

Grützmachers
Milchladen

Ich sagte: „Ja" und der freundliche, gut aussehende Herr Grützmacher ging nach ‚Hinten'.

Während er nun die Schlagsahne mit einem Schneebesen, wie man den so nennt, schlug, überlegte ich, warum der nette Milchmann meine Tante Käthe nicht heiraten durfte; denn die war doch auch immer sehr nett zu mir. Opa und Oma, was ihre Eltern war'n, die hatten etwas dagegen, vermutlich weil der Milchmann nicht zu der Kirchengemeinde gehörte, wo sie selbst zugehörten. Aber jedes Mal, wenn Tante Käthe uns besuchte, brachte sie mir etwas mit. Keine Naschsachen, nee, sie hatte sich immer stets etwas Besonderes einfallen lassen. Entweder war es ein lehrreiches Buch, oder mal etwas zum Malen, aber das Schönste und Beste war das Kindergrammophon. Wirklich! Ein richtiges Grammophon. Ein bisschen kleiner als das für Große – aber immerhin! Das war vielleicht doll. Man musste es aufziehen, wie bei den Großen, aber mit Gefühl, damit die Feder, die die Drehungen der Platte verursachte, nich' knackte. An der Membrane musste man eine Plattennadel einsetzen, die man öfters auswechseln musste, damit sie die Schallplatte nicht beschädigte durch Abrundung der Nadelspitze. Die Musik schallte, wenn das Grammophon in Betrieb war, aus einem Schalltrichter, der darum so heißt, weil die Musik daraus schallt. Und jedes Mal später, wenn meine Lieblingstante uns besuchte, und das kam alle vier Wochen vor, weil Mutti dann *Kränzchen* hatte, brachte sie mir immer eine neue Schallplatte mit. So sammelte sich im Laufe der Zeit ein großer Stapel von Platten an. Ich kannte die Stücke fast alle schon auswendig. Eine davon war eine, an die ich mich besonders nachher als Chorleiter erinnerte. Sie hieß: „Die lustige Chorprobe." Man hörte von einem Gesangschor anfangs einen wunderschönen vierstimmigen Chorsatz. Es ging so einige Takte. Eine der vier Stimmen sang so falsch, das es auch der unmusikalischste Mensch hören musste. Abrupt hörte der Gesang auf, weil wohl auch der im Grammophon befindliche Chorleiter, wie ich's mir vorstellte, gehört hat und nun korrigieren wollte, was er dann auch tat. Nun noch mal. Es ging von vorne, wie üblich, wieder los. Dann aber, an der selben Stelle, sangen gleich mehrere Stimmen falsch, aber so falsch, schlimmer konnt's nicht sein. Der Grammophon-Chorleiter sang noch mal richtig vor – und dann – ja dann ging 's noch mal los. Wieder von vorn. Man wurde richtig auf die Folter gespannt. Ob es nun wohl klappt? Ja –, es hat geklappt, sie kamen über diese schwierige Stelle hinweg, und man konnte verspüren, wie alle froh waren, über diese musikalische Klippe hinweggekommen zu sein. Aber grade hatten sie diese Stelle geschafft, da glaubten es die hörenden Ohren nicht, der Grammophon-Sangeschor sank von der ausgehenden Tonhöhe so sehr ab, dass einem das Trommelfell wehe tat. Selbst die Sänger merkten es. Doch die ärgerten sich nicht, nee, eine Stimme nach der anderen hörte auf, also nicht alle auf einmal, sondern eine nach der andern nacheinander und fingen lauthals an zu lachen. Das war so, dass man nun selbst mitlachen musste. Oft habe ich mich bei Chorproben an diese Schallplatten-aufnahme erinnert. Sie gab mir eine gute Vorbereitung auf das, was ich später manchmal mit Geduld ertragen musste. —

So war das.

Nun aber los! Mit einer geschenkten Käsescheibe wieder gestärkt, auf zum Kolonial-warenhändler. Der hatte sei'n Laden genau neben den Bäcker, den inne Mühl'nstraße, wo auch wir wohnten. Das war das größte Haus inne Straße, wo wir wohnten und gehörte mein' Opa, tscha! Beim Bäcker musste man einige Stufen hoch in den Laden, und diese außen ans Haus angemachten Stufen nennt man Beischlag, – warum, weiß ich nicht. Aber beim Kolonial-warenhändler nicht, der hatte sein Geschäft zu ebener Erde, wie man so sagt. Bei dem konnte man so allerhand an Kolonialwaren kaufen, und hier gab's nichts Eingepacktes, nee, das machte der selbst, nachdem er es auf der Waage genau auf'n Gramm abgewogen hatte. Manchmal fragte er auch: „Darf's 'n büschen mehr sein?", nämlich dann immer, wenn er sich verwogen hatte und es dann mehr war, as man bestellt hatte. Das kam aber oft vor. Hier nun bei'n Kolonialwarenhändler, der Puttfarken hieß, holte ich dann von dem Rest des Monatsrestgeldes Borkenschokolade. Nun mit Borkenschokolade inne Tüte und der Schlagsahne im Tragenetz rollerte ich nach Haus zu Mutti. Unten ließ ich dann den Roller steh'n. Hab' den nich' ange-schlossen, nee, das brauchte ich nun nicht mehr.

Ich kriegte nämlich mal zu meinem Geburtstag, ich erinnere mich genau, von meinen Eltern einen nagelneuen schönen Roller. Der hatte Gummiräder und 'n Schutzblech mit 'ner Fußbremse hinten dran. Das war wie 'n Rolls Reuß unter den Autos. Da hab' ich viel mit gerollert. Aber an ei'm Tag hab' ich den unangeschlossen bei uns im Haus – das Treppenhaus war sehr dunkel, nur mit Licht von oben – hingestellt, bin nach oben gegangen, denn wir wohnten ganz oben im Haus inne oberste Etage, ging wieder runter nach unten und – der Roller war nicht mehr da, wo ich ihn hingestellt hatte. Ich war ganz traurig; denn mein Fassungsvermögen war viel zu klein, um **das** fassen zu können. Eine Traurigkeit habe ich durchleben müssen, die wohl auch so ist, als wenn man einen lieben Menschen verloren hat durch den Tod. Mein Opa aber, der *Meister*

Hämmerlein, der hat meine Traurigkeit verstanden; denn meine Oma, was also seine Frau war, die war grade vor einem oder auch zwei Jahren gestorben. Mein Opa aber machte sich dran und baute mir einen Roller, so wie ich ihn schon beschrieben hab'. Der sah nicht gut aus, war aber wie ein selbstgemachter Lastwagen, und das von meinem Opa, so, wie ihn eben ein Schlossermeister so macht.

As ich oben bei Mutti angekommen war, freute sie sich; denn sie selbst ging nicht gern zum Einkaufen, nee, am liebsten schickte sie mich immer los, und mit meinem Roller-Lastwagen ging das ganz gut, und ich war unterwegs, an der frischen Luft. Nun aber gab es einen schönen Augenblick, nee, der dauerte länger. Mutti nahm die Schüssel mit Sahne, dann zwei kleinere und teilte ziemlich gleich auf. In der einen aber war ein büschen mehr, die sie für sich behielt (denn ich war ja auch kleiner). bröckelte dann die Borkenschokolade über den Haufen Sahne und wir löffelten mit 'n Löffel, der kleiner war as der große, langsam und genüsslich den Inhalt aus die Schüssel. Mmmhm! Aber dabei war's das Schönste, nämlich, Mutti hatte Zeit für mich und fing an zu erzählen, wie's so früher war, as sie so klein war wie ich. Auch nahm sie dann ein Bilderbuch, in dem alle Geschichten, die in der Bibel sind, bebildert und beschrieben waren, und sie las daraus vor und erzählte dazu, was sie so wusste. Das war die Feierstunde mit dem Restgeld des Monats.

So war das.

Aber die richtige Feierstunde war am 15. eines jeden Monats, wenn Vati am Abend nach Hause kam, da gab es einen richtigen Festakt. Der Grund dieser Feierlichkeit war nämlich: Das Gehalt, welches man ehrlich verdient hatte, erhielt man direkt in die Hand und bedankte sich höflich. Obwohl man das Geld durch seine Arbeit verdiente, bedankte man sich doch dafür. –

So war das.

Vati kam, freute sich im Voraus; denn er brachte uns etwas mit, nämlich ein Paket, schön eingewickelt, – stellte es auf den Küchentisch, guckte seine Frau, was meine Mutter ist, und auch mich an. Das Paket wurde langsam, ganz langsam aufgewickelt und der schönste Konditor-kuchen strahlte uns an.

Unserem himmlischen Vater wurde ein *Dankeschön* gesagt, zum einen, dass Vati noch Arbeit hatte und dafür seinen Lohn bekam, und zum anderen, weil der Konditorenkuchen uns erfreute.

JA, SO WAR DAS!

Dreifach ist der Schritt der Zeit:
Zögernd kommt die Zukunft hergezogen,
pfeilschnell ist das Jetzt entflogen,
ewig still steht die Vergangenheit.
Friedrich Schiller

DAS EINPRÄGSAME EREIGNIS

Der Herbst hatte begonnen. Die noch wärmende Sonne durchflutete unser großes Schlafzimmer. Alles erstrahlte in ihrem Licht. Bis in den kleinsten Winkel leuchtete sie hinein. Alles war hell. Nur meine Eltern schienen im Dunklen und wie im Nebel zu wandeln. Sie schwiegen. So waren sie doch sonst nicht. Ihre Art ist es nicht, schweigsam zu sein. Aber feierlich angezogen waren sie, und bedrückt waren sie auch. Vater, groß und schlank, wie er war, stand vor dem Kleiderschrankspiegel. Da der Spiegel nicht hoch genug war, musste er sich immer etwas bücken, wenn er sich die Haare kämmen wollte. Heute kämmte er sich sehr oft die Haare. Verlegenheit? Sonst war er stets fröhlich und munter, er erzählte gern, schelmisch mit verschmitztem Lächeln. Heute war er stiller, zu still.

Ich stand am Fenster. Da unser Haus sehr hoch war und wir im obersten Stockwerk wohnten, konnte man die Schiffsbewegungen im Hamburger Hafen sehr gut beobachten. Wenn dann die großen Passagierschiffe – die hatten oft drei Schornsteine, aus denen schwarzer Rauch

 entwich – von drei Schleppern, zwei vorn am Bug und einer am Heck, "an 'n Haken" genommen wurden, war es kurzweilig und interessant, Beobachter des Geschehens zu sein. Aber heute war alles anders; ich sah wohl, was dort auf der Elbe geschah, jedoch ich nahm es nicht wahr.

Meine Mutter griff mit beiden Händen unter meine Arme, hob mich hoch und stellte mich auf den Korbsessel. Das war etwas Besonderes. Der stand nämlich in der einen Fensterecke, mit Schmuckkissen feierlich bestückt. Den durfte man sonst nicht benutzen. Ich stand nun da wie ein Denkmal; festlich angezogen: Ein schönes weißes Hemd mit Rüschen und einer Bandschleife um den Kragen. Eine kniefreie Hose aus dunkelblauem Samt mit breiten Hosenträgern, natürlich auch aus Samt. Am Rücken waren sie gekreuzt und vorn führten sie gerade herunter, wo sie mit hellen Perlmuttknöpfen an der Hose befestigt waren. Mutter hatte Tränen in ihren Augen. Ihr Haupthaar war in der Mitte gescheitelt und mit lockeren Wellen nach hinten gekämmt und dort zu einem Knoten gesteckt. Sie schloss mich in ihre Arme und weinte still. Mir war eigentümlich zu Mute. Beschreiben kann ich's nicht. Meine Mutter, die stets fröhlich und singend ihre Arbeit verrichtete, kannte ich so nicht. Mir war warm ums Herz.

„Mischi", sagte mein Vater, „es ist Zeit, lass uns runter geh'n", dann nahm er mich bei der Hand, ich wurde wieder normal, sprang vom Sessel und ging an der Hand meiner Eltern vor die Haustür.

„Oh, was ist das?" dachte ich; denn ich sah eine schwarze Droschke mit zwei Pferden davor. Erhaben ernst sah das Gespann aus. Die Woilachs, so nennt man die Pferdedecken, waren aus schwarzem Tuch, mit Quasten behangen. An dem Pferdegeschirr war silberblanker Beschlag. Würdevoll saß der Kutscher auf seinem Bock, schaute geradeaus, weder links noch rechts, und hatte eine Juckerpeitsche in der rechten Hand. Das ist eine Peitsche mit geradem Stiel und ziemlich kurzer Schnur, um die Pferde anzutreiben. In seiner Linken hielt er die Zügel fest. Einen schwarzen Zylinder hatte er auf und eine wetterfeste dunkelblaue Pelerine schützte ihn vor Wind und Regen.

Mein Onkel, der Organist, und meine Tante warteten schon. Ich wurde in die Droschke gehoben, alle nahmen Platz, und nach dem "Hü" des Kutschers ging die Fahrt los. Fröhlich betrachtete ich das, was an meinen Augen vorüberzog. Nun bog die Droschke in den Zufahrtsweg unserer Kirche. Viele Menschen standen davor. Feierlich waren alle in schwarz gekleidet. Sie ordneten sich langsam links und rechts des Weges und bildeten eine Art Spalier.

An der Hand meiner Eltern ging ich mit in die Kirche. Es war sonderbar, es war heute alles so anders. Hinten, beim Taufbecken, standen hohe schwarze Kandelaber mit brennenden Kerzen, und dazwischen war mein Großvater, ‚Mein Opa'! Er lag in einem Sarg, hübsch und adrett aufgebahrt. Ich betrachtete ihn mir genau. Sein Gesicht war frisch gewaschen, aber bleich. Sonst war seine Stirn vom Abwischen des Schweißes immer mit Rußstreifen durchzogen. So sauber war er nach der Tagesarbeit als *Meister Hämmerlein* sonst nie. So'n bisschen schmuddelig war er gern, wie er mir anvertraute. Nun lag er da, so, als würde er schlafen. Jedoch so schlief er sonst nicht. Er lag gern auf seinem Ledersofa, auf seiner rechten Seite, die Beine etwas angewinkelt und die Arme hochgezogen. Seine Hände hatte er stets vor dem Gesicht gefaltet, so, als würde er beten. Heute lag er ganz still. Sonst hörte man ihn immer etwas lauter atmen, mit einem leichten Schnaufen. Gern sah ich dem ruhenden Opa zu. Ich wartete oft, bis er aufwachte, mich lächelnd ansah, dann langsam und bedächtig an den Geldschrank ging, daraus ein Stück Schokolade nahm und mir dann überreichte.

„Lod di dat man god smecken", sagte er dann immer.

Ich sah ihn mir genau an, so friedlich still hatte ich ihn noch nie gesehen; denn heute lag er auf dem Rücken, die Arme auf der Decke und die Hände gefaltet mit einem hübschen bunten Blumenstrauß.

„Komm, mein Jung", sagte mein Vater, erfasste meine Hand und fügte hinzu, „ich bring dich zur Sitzbank nach vorn."

„Da, wo Opa immer sitzt?" fragte ich, und so brachte er mich in die vorderste Sitzbank. Da saß ich nun, ohne Opa, allein; denn meine Eltern waren auf der Chorempore, um zu singen.

Mit schwarzem Talar bekleidete Männer trugen meinen Opa im offenen Sarg nach vorn in den Unterchor der Kirche. Später sagte man mir, eigentlich hätte der Sarg verschlossen sein sollen. Mir war's aber so recht; denn nun begann die Trauerfeier, und ich konnte meinen Opa immer im Auge behalten. –

Viele Frauen weinten.

„Warum weinen die denn?" fragte ich mich. Hatte Opa nicht immer gesagt, dass es bei der Auferstehung der Toten wie ein Erwachen nach einem Traum sein wird. Ich konnte nicht weinen; denn diese feste Zuversicht, wie Opa sie hatte, setzte sich auch bei mir fest, da er ja *„nur schläft"*. Wenn auch etwas anders.

Die Orgel erklang. Mein Onkel spielte wieder gut. Nach einer Weile setzte der Chor ein. Leise, ganz leise und langsam sang der Chor: *„Laß ihn ruhen in deinem Frieden"* – Kurze Pause, dann noch einmal, da, leise, aber mit fester Stimme setzte meine "Mutti" ein. Trotz des Schmerzes ihrer Trauer sang sie so, wie ich es kannte. Der Chor blieb leise und Mutter sang einen weiten Melodienbogen: *„... in deinem Frieden"*. Und dann sangen Chor und Solosopranistin in bewegtem Rhythmus und immer stärker werdend: *„... und erwachen zu einer fröhlichen Auferstehung."*

SO IST ES!
EINPRÄGSAM!
DIES GLAUBE ICH!

Das Sanktuarium
meiner Heimatgemeinde
in Altona/Elbe um 1930

EIN BLUMENLEBEN

Ein Blümlein steht am Wege
In schönster Farbenpracht
Und hat mit größter Pflege
Der Schönheit sich bedacht.

Es stand doch nicht alleine
An diesem Wegesrand,
Es war die Blumgemeinde,
Worin es träumend stand.

So war sie rings umgeben
Von Schwestern groß und klein
Und alle sich erheben,
Jed' will die Schönste sein.

Das Blümlein so geschäftig
In sich versunken war,
Ob's wohl, da es so prächtig,
Zur Freud' sich brächte dar?

Da kam des Wegs gegangen
Ein junges Mägdelein
Und sah die Blume prangen
Und dacht' – ach wär sie mein.

Es brach und nahm die Blume
Und flocht es in ihr Haar.
Das Blümlein voll von Ruhme,
Nun sie die Schönste war.

So starb dies Blümlein fröhlich
Den sanften Blumentod
Und macht' das Mägdlein glücklich,
Wie es sein Wunsch gebot.

Die Weisheit des Lebens besteht im
Ausschalten der unwesentlichen Dinge.
Chinesisches Sprichwort

EIN TRAUMPLATZ

Heiß war der Tag, recht heiß! Heiß in zwiefacher Hinsicht. Zum einen die sommerlich heißen Außentemperaturen, zum anderen: In Hermann kochte es. Die hitzige Auseinandersetzung, die er heute ertragen musste bei der unfair geführten Verhandlung, sie hatte ihn sehr gereizt; mehr als er zugeben wollte. Er war völlig ratlos und außer sich. Was könnte er unternehmen, was tun, um einer unvernünftigen Entscheidung entgegenzutreten?

Ohne die geringste Ordnung liefen seine Gedanken kreuz und quer. In gleicher Weise fuhr er voll innerer Unruhe ziellos durch die Straßen Hamburgs. Und doch –, stets wenn ihn Unruhe packte, wenn er ein unbestimmtes Fernweh hatte, erreichte er unwillkürlich ein Ziel, das Ziel seit frühester Kindheit: Den Elbstrand bei Övelgönne! An die pech-schwarz geteerte Wand des Bootshauses von Schütt & Lührs setzte er sich. Den seit Kindheitstagen vertrauten Platz hatte er eingenommen. Nun saß er da, verschwitzt, mit offenem Hemdkragen, wie ein geprügelter Hund. Westwärts schaute er, stromabwärts –, nichtssehend hockte er an dieser Stätte. Das Wasser der Elbe floss in dieselbe Richtung, stromabwärts, Tidenzustand: Ebbe! Sein Gemütszustand: Ziemlich der Gleiche!

Dämmerung trat ein. Das gegenüberliegende Ufer von Athabaskahöft und Petroleumhafen konnte man nur noch ungenau erkennen. Verschwommen wurde es. Gleicherweise der Tagesausgang für ihn? Ungenau –, verschwommen? Würde es ihm bald dämmern, was zu bewirken wäre?

Der Dunst nahm zu und alles wurde undurchsichtiger. In der Mitte des Flusses stiegen wrasenhafte Nebelschwaden auf und verteilten sich über dem Wasser. Ähnlich waren auch die Äußerungen von Puttfarken, unpräzise, nebulös, verschwommen und unklar. Seine Behauptung, man könne das Losbrechmoment der Flaschenfüllmaschine durch Erprobung bestimmen, ist geradezu absurd! Ist er denn nicht in der Lage, es durch Berechnung zu bestimmen? Sollte man denn ein überdimensioniertes Antriebsgerät anbieten, um dann als zu kostenaufwendiger Lieferant abgeschmettert zu werden? Und das Wischiwaschi-Gerede, mit dem er seine Unkenntnis zu dem Gesamtproblem übertünchen wollte ... –, ach nein, hör' auf! dachte er und sich weiter entrüsten führt zu nichts.

Ruhig und still floss das Wasser der Elbe dahin. Sanft plätscherten die Wasserwellen an den Strand. Kaum wahrnehmbar. Nur der Duft des Elbwassers wehte herüber. Nach Anbruch des Abends war vom Elbwanderweg das sonst übliche Plaudern der

Spaziergänger nicht mehr zu hören, es war ruhig, sehr ruhig. Alles wirkte wie verschlafen. Selbst die frischgrünen Blätter an den Weiden, die sich sonst bei dem leisesten Windhauch bewegen, hingen bewegungslos an den Zweigen, als seien sie vom Rascheln, welches ihnen der Wind während des Tages aufgezwungen hatte, ermattet. Aber die Weiden, die sich alle in die Richtung des Stromes neigen, vermitteln den Eindruck, als würden sie sa-gen: „Wir wür- den gern zu dir hinkom- men, um mit- zureisen!" Dieser Traum- platz – nicht ein Träumer- platz, auch ein Fernwehplatz – kein Fern-Sein-Platz, er wirkte wie üblich – beruhigend. Seine Augen sahen wieder das gewohnte Bild: Das Wasser, das Ufer, den weiten Horizont, die letzten Strahlen der versinkenden Sonne, die Möwen, die Wassersportler, die in ihren Kajaks leise übers Wasser glitten. Dieser Anblick brachte ihm wieder die lebenswichtige Entspannung und Besonnenheit zurück.

Er bemerkte es kaum, seine Hände spielten im Sand. Dieser Elbsand, kaum zu verspüren, so fein ist er. Er hatte es kaum wahrgenommen, wie Abertausende dieser feinen Sandkörner durch seine Finger rieselten. Ein Gleichnis der dahin- fließenden Zeit? Oder ein Vergleich, etwas in die Hand zu nehmen, damit Bewegung und Fluss entsteht? So wie man mit der Hand den Sand ergreift, ihn anhebt und durch die Fingerschlitze gleiten läßt, der sodann fließt und in Bewegung gerät, wie sich neue Sandformationen bilden, so wie man es steuert, kommt man zu der Einsicht: „Selbst muss man anpacken, nicht zögern, auch nicht irritieren lassen, sondern mit Geduld deinen Nächsten verstehen lernen, auf ihn eingehen und sachgemäß vorschlagen und handeln!"

Der Blick in die Ferne, der Strommündung zu, hin zu der Weite des Meeres, brachte wieder Gleichgewicht in Geist, Seele und Leib und ließ ihn die Unendlichkeit der Ewigkeiten ahnen.

Am Elbuferstrand

VERWUNDERUNG AM ABEND

Es wurde dämmerig, und wir, Johannes und ich, gingen nach einer längeren Wanderung ermattet und hungrig über die Strandpromenade am Dieksee entlang auf unser Quartier in Malente-Gremsmühlen zu. Von dieser Uferpromenade aus hat man einen guten Ausblick auf den langgestreckten See. Wir blieben stehen, um das idyllische und märchenhafte Landschaftsbild zu betrachten. Es hielt uns einfach fest, verweilten und genossen den Anblick.

Blick auf den Dieksee

„Ein wahrhaft schönes Bild, wie ein Gemälde der Romantik von Runge", flüsterte ich, um die uns umgebende Stille nicht zu stören.

„Dann fang' man gleich zu malen an, um womöglich dieses Panorama im impressionistischen und individuell anregenden Stil abzubilden, wie Renoir", deutete Johannes mit beiden Armen einen Rahmen an und wies darauf hin:

„Schöner wäre es allerdings, um auf den Betrachter einen gewaltigen Eindruck zu erwecken, es mit Licht und Schatten zu versuchen, wie es der Rembrandt vollbrachte –, was erwägst du nun, mein lieber Künstler?", lächelte und machte die Andeutung einer Verneigung. Der beglückende Anblick aber nahm uns in den Bann.

Vor uns, in der Mitte des Sees, liegt eine kleine Insel mit niedrigem Baum- und Buschbestand. Wie eine über den See schwebende Krone hebt sie sich vom Horizont ab. Kaum sichtbar steigen zu beiden Seiten der Insel leichte Nebelschwaden auf. Allenthalben wird es nun dunstig. Nur ungenau sind die beiderseitigen Ufer noch zu erkennen. Die alten Baumbestände am linken Ufer erscheinen wie eine lange Gebirgskette. Davor liegt der aus einer Mischung von Grasbüscheln und weißem Sandstrand bestehende Uferstreifen, der wie mit geisterhaften gelbgrünlichen Fingern in den dunklen See hineingreift.

„Sind es Kühe, die dort auf der rechten Uferseite weiden, oder ist es Rotwild?" fragte ich leise und zeige nach halbrechts.

„So genau kann ich es auch nicht erkennen, aber Rotwild in einem Gehege, wie's noch zu sehen ist, wird's sicher nicht sein."

„Ein friedvolles Bild, es hat auf den Menschen eine wunderschöne Wirkung, um Frieden und Ruhe in sich selbst zu finden, nicht wahr?"

„Ja, es ist herrlich", bestätigt Johannes.

Auf dem See schwimmen einige Wasservögel und ziehen im Wasser hinter sich spitzwinklig ausbreitende Wasserwellen her. In den Uferbuchten liegen einige Bläßhühner, Enten und Schwäne. Ein wahrhaft buntes Bild. Still und friedlich, in Gruppen verstreut, liegen sie dort. Doch plötzlich ist ein bellender Störenfried da. Von der Seitenstraße kommt der Kläffer daher und versucht seine Stärke gegenüber dem Federvieh zu demonstrieren. Hinter den Aufgeschreckten läuft er her, und das bisher Ruhe ausstrahlende Bild wird nun lebhaft und unruhig. Die Wasservögel erheben sich in die Luft und fliegen davon. Die Schwäne aber verteidigen ihre Stellung; mit ausgestrecktem Hals, und unter lautem Zischen vertreiben sie den Ruhestörer. Der kneift den Schwanz ein und trottet davon.

Was sagt der Volksmund?: „Es kann der Friedfertige nicht in Ruhe bleiben, wenn es dem Anderen nicht gefällt."

Alles hat sich wieder beruhigt. Die romantische Beschaulichkeit ist wieder eingekehrt. Wenn wir auch noch so müde sind, betrachten wir diese Idylle, als könnten wir sie mit den Augen einsaugen. Unsere Füße sind wie mit dem Erdboden verwurzelt, unsere Brust aber öffnet sich immer weiter. Der vom Wasser ausströmende Duft ist mehr und mehr zu verspüren und belebt uns. Unser Mensch-Sein öffnet sich zu dem Bewusstsein unserer Kleinheit vor der Schöpfung und ihrem Schöpfer. „HErr, wie sind deine Werke so groß ... !"

Dies alles wirkte damals beeindruckend auf uns. Der Duft des Wassers, das leichte Rauschen der Luft, das abendliche Trillern der Drosseln und das verschiedenartige Zwitschern anderer Vögel, es nahm unsere Sinne gefangen. Die Abendstille, die uns umgab, eine andere Stille, die Ruhe, die uns durchdrang, eine andere Ruhe, anders als gewohnt. War es die eigene innere Ruhe, die sanfte Ausgeglichenheit, die ansonsten unterdrückt wird? Kein unangenehmer Laut, kein unbedachtes Wort störte unsere Betrachtung. Wir waren wie versunken in eine bisher nie empfundene Wahrnehmungsfähigkeit.

Wunderbar!

Dann die Überraschung, wir trauten unseren Augen nicht; urplötzlich und wie von Zauberhand verschwand das etwas nebulöse Bild. Ein Windhauch kräuselte das Wasser, wurde stärker und zeichnete ringförmige Wellenformationen auf dem See. Verschwunden die Nebelschwaden. Der Dunst war weggeblasen. Das verschwommene und diesige Landschaftsbild war verwandelt. Wir staunten über diese wahrhaft schnelle Veränderung, über die Klarheit und Deutlichkeit der Einzelheiten und über die Schönheit des nun neu entstandenen Bildes, hervorgerufen durch einen Windhauch. Betroffen standen wir da und schauten uns an. Wer hat denn da gezaubert? Die Landschaft offenbarte sich in ihrer leuchtenden, herrlich schönen Pracht, die Schöpfung in einem neuen Licht! Die Einzelheiten konnten wie mit einem Fernglas betrachtet werden: Die Gebirgskette sind mächtige Bäume, die Sträucher heben ihre Zweige gen Himmel, die Ufersteine, die kleinen und die großen, sind Zeugen der langen Schöpfungsgeschichte, und auf der rechten Uferseite erkennt man das äsende Rotwild.

Der Glanz des Ganzen: Die versinkende Sonne überstrahlt den Horizont wie ein Glorienschein!

Nicht weil die Dinge schwierig sind,

wagen wir sie nicht,

sondern weil wir sie nicht wagen,

sind sie schwierig.

EIN SEGELTÖRN[1]

Über dem Ägäischen Meer erhob sich aus dem Dunkel der Nacht die Morgendämmerung. Im Osten, über dem Horizont, bildete sich ein schmaler feuriger Lichtstreifen. Bei ruhiger See segelte ein Schiff mit Kurs auf Lesbos. Der überwiegende Teil der Mannschaft konnte sich nach dreitägigem Ringen mit der stürmischen hohen See in den Kojen ausruhen.

„Warum hat Poseidon uns so sehr in Gefahr gebracht? Wollte er uns ertränken, wie vorzeiten die Mannschaft von deinem Floß, o du listenreicher Odysseus?" fragte Sokrates den am Mast Stehenden. Da er ohne Antwort blieb, setzte er hinzu: „Sollte er Pallas Athena, die wir an Bord haben, etwa noch zürnen, weil er vor alters den Wettstreit mit ihr um den Besitz des Gebietes Attika und

---

[1] Diese Erzählung ist frei erfunden. In gewisser Hinsicht eine Hommage an den Dichter Homer, dessen ‚Odyssee' ich gern gelesen habe.

des Stadtgebietes von Athen verloren hat?"

Odysseus aber achtete nicht darauf, sondern sah eine neue Gefahr: Nebelschwaden!

„Kommt Küstennebel oder bildet sich weit ausbreitender Nebel?" Seine Gedanken liefen schnell.

Rechtzeitig Gefahren zu erkennen und entsprechend zu handeln, war er gewohnt; so überlegte er: „Bei dieser Witterung ist's sicherlich Küstennebel, gefährlich genug, da dieser sich auch durch Sonneneinwirkung nicht auflöst." Zunächst fragte er Sokrates, den Steuermann: „Sind wir auf Kurs?"

„Aye, aye, Odysseus, Süd-Süd-Ost!" entgegnete eilfertig Sokrates.

„Dann müssten wir schon bald an der lesbischen Küste sein und der Zeit entsprechend Mytilene in zwei Stunden erreicht haben", überlegte Odysseus, „aber der Nebel – wir könnten eine Kollision riskieren!" Darum rief er: „Alle Mann an Deck, auch die weiblichen Fahrensleute!"

In der Kajüte rumorte es. Langsam kam die Freiwache an Deck. Als erster erschien Herakles, dann folgte etwas ungehalten die weibliche Mannschaft: Hera, Penelope und Pallas Athena.

Odysseus erteilte nun seine 'Anweisungen für Nebel': „Starker Herakles, du hast schon vormals als Säugling mit außergewöhnlicher Körperkraft die dir von Hera zugesandten giftigen Schlangen erwürgt, die dich töten sollten. Auch etliche Schwerstarbeiten, die dir dein Vetter Eurestheus auferlegte, hast du erfüllt. Hol' das Dingi, blas' es auf und nimm's als Beiboot in Schlepp. Du, Hera, Schützerin der Ehe, setze dich zu Sokrates ins Cockpit und halte Ausschau nach Backbord.

Weiser Sokrates, der du die Philosophie vom Himmel herabgerufen und unter den Menschen heimisch gemacht hast, um über Gut und Böse nachzudenken, dem die Lehrtätigkeit wie ein Gottesdienst war, um zu verkünden: ‚Nur Gott kann wirkliches Wissen besitzen, der Mensch aber muss wissen, dass er nichts weiß!', weiser Lehrer und Lenker der bildungshungrigen Jugend – lenke nun unser Schiff ins Ungewisse des Nebels. Der du wegen Asebie, also Gottlosigkeit, und Verführung der Jugend in Athen zum Tode verurteilt wurdest und lieber den Giftbecher entgegen nahmst, als mit Freunden zu flüchten, um zu zeigen, dass man den Gesetzen gehorchen müsse, selbst wenn sie ungerecht angewandt würden, höre jetzt meine Befehle und führe aus: 'Motor an – Motor aus', um leichte Fahrt zu bekommen. In den Pausen können wir dann besser auf Signale und Geräusche achten". Er hielt inne, schaute aufs Meer und erkannte, dass sich der Nebel weiter verdichtet hatte. Die Sicht war eingeschränkt. Innere Unruhe erfasste ihn; doch ruhig gab er seine weiteren Anordnungen: „Treueste Gattin, liebste Penelope", sagte er liebevoll, „komm zu mir und halte Ausguck nach Steuerbord voraus. – Aber du, liebliche Pallas Athena, Göttin der Weisheit und kluger Kriegs-führung, die du den Schiffbau und die Flöte erfunden hast, gleichfalls Beschützerin des Ölbaumes und der weiblichen Handarbeiten bist, ja, durch den Einsatz eines Ölbaumes gegen das Pferd Poseidons den Wettstreit vor Zeus gewonnen hast, erhebe dich jetzt, nimm das Nebelhorn und gib Signal 'Segelschiff in Fahrt', mit einem langen und zwei kurzen Signaltönen, und zwar alle zwei Minuten."

Odysseus aber beabsichtigte, selbst mit dem Echolot in der Kajüte die Wassertiefe zu überprüfen, da kam ihm allerdings noch etwas Wesentliches in den Sinn und er rief: „Zur eigenen Sicherheit die Schwimmwesten anlegen! –, verstanden?"

„Aye, aye, Odysseus" riefen alle, und so gerüstet segelten sie in den Nebel, der sich mehr und mehr verdichtete in ein schweigendes Weiß der Ungewißheit.

Odysseus nahm Papierreste, formte Bällchen daraus und warf sie nacheinander ins Wasser. So konnte er anhand ihres Verschwindens im Nebel die Sichtweite erkennen, und die betrug 30 bis 50 Meter. Das war knapp.

„An alle", rief er, "höchste Aufmerksamkeit, der Nebel wird dichter."

Was keiner der Crew ahnen konnte, es befand sich ein Hai in ihrer Nähe! Hera aber hatte sich zum Ausguck achtern so gesetzt, dass ihre Beine außenbords baumelten. Mit sich und der Welt zufrieden, summte sie eine griechische Melodie, und im Rhythmus hierzu schlug sie leicht mit ihren Füßen gegen die Außenbordwand. Der in der Nähe befindliche Sandbankhai, der sonst harmlos friedfertige Fisch, der sich gern in seichten Gewässern aufhält, um Kleinfische, Kleintiere und Muscheln als Nahrung aufzunehmen, muss sich durch das Ballastkiel der Yacht bedroht gefühlt haben. Und durch das Trommeln der Hera neugierig gemacht, kam er an die Wasseroberfläche. Hier schluckte er Luft, um seinen

Auftrieb im Wasser zu verbessern, und schoss dann mit größerer Geschwindigkeit als sonst durch das Wasser auf die Yacht zu.

Der stets aufmerksame Odysseus beobachtete den Meeresspiegel scharf – und da, plötzlich sah er die Finne. Er rief Hera bei ihrem Kurznamen: „Ala! – zieh' die Beine hoch!" Und schon prallte der Hai mit voller Körperwucht gegen die Achter-Backbordwand, während Ala ihre Beine an Bord schwang. Alle waren erschrocken und Ala, alias Hera, wurde kreidebleich.

Odysseus erkannte den Fisch; denn nach dem Anprall gegen die Bordwand drehte sich der Hai um die eigene Achse, und an dem weißblauen Unterbauch war zu erkennen, dass es sich hierbei um den Sandbankhai handelte. Damit war die Vermutung des Odysseus bestätigt: Sie befanden sich in einem Gewässer mit Untiefen. Stracks begab er sich an den Navigationstisch, beobachtete mit dem Echolot die Wassertiefe und erteilte von hier aus die Ruderanweisungen. Nur leichte Brise herrschte. So nahmen sie 'Sachte Fahrt mit Motorkraft'. Und als Odysseus dann das Kommando: „Volle Fahrt!" erteilte, waren alle erleichtert. Die Anspannung löste sich.

Langsam begann der Küstennebel sich aufzulösen, und bald freute sich die Mannschaft über klare Sicht. Nach zweistündiger Weiterfahrt brach Jubel auf: Ihr Zielort, der Hafen von Mytilene, der Hauptstadt der Insel Lesbos, war erreicht. Doch die Freude wandelte sich im Nachherein dann doch in Enttäuschung. Penelope äußerte sich als erste und meinte: „Dieses Durcheinander von einer Stadt, in der sich die Gesichtslosigkeit des zwanzigsten Jahrhunderts mit dem osmanischen neunzehnten vermischt, ist ja sehr interessant, aber ich suche die landschaftliche Schönheit von Lesbos."

„Seht dort!" rief Hera, „dieser wenig attraktive Stadtstrand mit dem unangenehmen Strandmüll, nein, lasst uns doch in der Yera-Bucht vor Anker gehen."

„Und die stark mit Speiseöl zubereiteten Speisen, die einem in den Tavernen vorgesetzt werden, bekommen mir ganz bestimmt nicht", bemerkte Sokrates, der sich in Städten nicht gern aufhält und damit den Wünschen der Frauen Beistand leistete.

Es wurde noch etwas hin und her geredet, alle Vor- und Nachteile erörtert –, und dann die Yera-Bucht angesteuert. Hier wurden sie nicht enttäuscht. Sie lagen an einem phantastischen Ankerplatz. Nun hatte die Mannschaft Ruhe und Muße, und nach den Anspannungen des Tages genossen alle den schönen Anblick, der sich ihnen bot. Darum schwiegen sie. Nur das Plätschern des Wassers an die Bordwand war zu hören und war wie eine Begleitmusik in der Stille. Eine angenehme Gelegenheit zur Besinnung.

Im Westen hob sich graublau das Bergmassiv des Olymp vom Horizont ab. Die untergehende Sonne zeichnete die leichten Wolken in einer zart rotgoldenen Färbung. Vereinzelt flogen Möwen, sie hoben sich dunkel vom tiefblauen Himmel ab. Ein harmonisches, friedvolles Bild wirkte in diese Stille mit hinein: Olivenhaine umgeben die Bucht, und die Wipfel der Bäume schwankten so sanft, als würden Wellen des Meeres sich bewegen. Der

Anblick dieses Landschaftsbildes war die Belohnung für die Anstrengungen der vergangenen Tage. Heras drängendes Verlangen, diese Bucht anzusteuern, war für alle Mannschaftsmitglieder gleichermaßen beglückend.

Die sensible Pallas Athena überdachte noch einmal die Erlebnisse dieses Tages: Der Küstennebel, die Gefahr im seichten Gewässer aufzulaufen, das Drehen der Kurbel am Signalhorn, für eine Frau doch anstrengend, und der Hai, ach, wie entsetzlich, was hätte der Hera alles passieren können? Diese Gedanken veranlaßten sie, das Schweigen der Crew zu unterbrechen, und sie sagte leise: „Was hätte alles passieren können, wenn Odysseus nicht so aufmerksam gewesen wäre!"

Alle wandten sich ihr zu, lächelten und freuten sich, dass Pallas Athena das aussprach, was dem Anliegen aller entsprach, nämlich: Odysseus Dank zu sagen. Er aber wehrte mit einer linkischen Handbewegung ab und erwiderte: „Ist doch selbstverständlich, nun ist´s gut, laßt uns in die Kojen gehen."

„Doch vorher möchte ich gern noch wissen, warum du Hera mit 'Ala' gerufen hast, listenreicher Odysseus", wandte das jüngste Mitglied, Herakles, ein; denn er machte zum erstenmal einen Törn mit dieser Crew.

„Tschä", sagte bedächtig Sokrates, „das is' man so: Was die Eltern von Hera sind, die hab'n ihr den Taufnamen Alinda gegeben, und ums kurz und lieb zu sagen, nenne ich meine Liebste 'Ala', so ist das."

„Aber viel tiefgründiger ist die Bedeutung ihres Namens", ergänzte Penelope, erhob ihren rechten

Zeigefinger und dozierte: „Alinda, ein ursprünglich althochdeutscher Name, abgeleitet von Alwara, kann ausgelegt werden als Al, gleichbedeutend wie 'alles oder ganz', und wara wie 'bewahren'. Alwara ist also eine Frau, die alles ganz bewahren will, und das entspricht ihrem Charakter und Beruf."

„Ist ja toll", schrie Herakles vor Begeisterung, sprang auf und stolperte gegen die Cockpit-Reling.

„Nun bliv man mit de Feut in 'n Cockpit, sünst fallst noch in't Woder, un wi möt di ut dat patschnadde Woder ruttrecken, uttrecken un afdrögen, – nee, dat lot man no", sagte Sokrates, der entspannt in seine niederdeutsche Mundart verfallen war.

„Man gut, dass ich nicht dein Stiefsohn bin, liebe Alinda; denn Hera hat doch den von ihrem Gatten Zeus mit der Alkmene gezeugten Herakles durch Schlangen vergiften wollen, wie's Odysseus erwähnte, nicht wahr?" meinte Herakles richtig, und stellte die Frage: „Aber wer hatte eigentlich die Idee, dass wir uns mit altgriechischen Namen benennen, was ich übrigens für großartig halte?"

„Wer das wohl sein kann, denk' mal nach", antwortete Pallas Athena, „wer will denn gern bewahren?"

„Hera etwa, ich meine Alinda?", fragte Herakles.

„Tschä, so is dat", sprach Sokrates in seiner ruhigen Art, „wir machen's immer so, wenn wir wo hin törn'n, dann snakt wi uns jümmers mit de Nomens an, vun de Gegend, as de doar so usus sünd, is dat nich good?"

„Nun laßt's gut sein, rein in die Kojen, – und gute Nacht!"

52

So sprach's Odysseus.

Still und ruhig wurde es.

DIE STROMSPARERIN

In dem südöstlich vor den Toren der Hanse-
stadt *Lubeca* gelegenen Territorium siedelten sich
vor etlichen Jahrhunderten Menschen an und
gründeten die Ortschaften *Nyendorpe* und *Honvarde*. Durch die dort vorhandene abwechslungs-
reiche Landschaft mit artenreicher Fauna und
Flora fließt die *Wakenitz,* die bei Hochwasser das
Land überflutet. Natürliche Dämme hinderten den
zügigen Wasserlauf und vor dem sogenannten
‚Burgtor' bildete sich ein aufgestauter Flusssee.
Dieses Gelände hat stets Menschen angelockt, um
dort sesshaft zu werden. Aber wenn sich irgendwo
Menschen ansiedeln, gibt es Zank und Streit,
deren Wurzeln im Neid und in der Habgier liegen.
Anfangs besteht sicherlich die Absicht, miteinander auszukommen. Es werden Verträge abge-
schlossen, doch diese halten nur so lange, wie
man sich verträgt. Die Ansiedler der Vorzeit konnten sich auch nicht vertragen. In den Jahren 1583
und 1595 wurden zwischen den lübschen und
lauenburgischen Fischern vor der Ortschaft
Rothenhusen *Seekriege* geführt. Die Lübecker
Senatoren machten dem ein Ende und erhielten
für 2.400 lübsche Pfennige vom Herzog Albrecht
II. von Lauenburg die *Fischereigerechtsame*.
Damals konnte man noch für Pfennige kaufen,

darum heißt es auch: „Wer den Pfennig nicht ehrt, ist des Thalers nicht wert!"

Jahrhunderte waren inzwischen vergangen und man konnte sich wiederum nicht vertragen, trotz geschlossener Verträge. Anno Domini 1939 ist man in fremde Länder einmarschiert. Die Auswirkung: Abermillionen Menschen wurden aus ihrer Heimat vertrieben, 36 Millionen fanden den Tod und Unmengen von Wertgegenständen wurden dem Raub oder der Vernichtung preisgegeben. Aber einige, die glücklich davongekommen waren, siedelten sich, wie in Vorzeiten, bei Honvarde, dem heutigen *Hohewarte* an. Die hier schon ansässige kleine und überschaubare Gemeinschaft nahm die Flüchtigen auf. Aber auch hier hatte jeder Einzelne seine kleinen oder auch größeren Sorgen. Zu der Zeit aber gab es noch ‚Nachbarschaft' und mit Nachbarschaftshilfe stand ein jeder dem anderen zur Seite. Es war wie eine große Familie, die sich aber nicht in die Töpfe gucken ließ.

„In dieser Gemeinschaft auf Hohewarte
lebte und wirkte auch das ‚*Klärchen',*
so etwa bei 45 Jährchen.
Sie hatte ein gütiges, wenn auch altes Gesicht.
Weiße Haare mit einem kleinen ‚Dutt',
und ihre Zähne, die waren kaputt.
Die blaugestreifte Schürze über'm dunklen Kleid,
woll'ne Strümpfe an, ob's warm war
oder ob's schneit.
Sie schleppte das Wasser
und schippte den Schnee,
auch Holz hackte sie,
denn sie verstand den Dreh.

,Selbst ist der Mann und auch die Frau!'
Dies wusste Klärchen ganz genau.
Ihrer Heimat, der blieb sie in Gedanken treu,
im Alter aber fühlte sie sich so richtig frei.
Einfältig war sie, auch hatt' sie's schwer,
aus einfachen Verhältnissen kam sie daher.
Keine Zeitung, kein Radio, kein Telefon,
wer hatte damals das Fernsehen schon?
Treuherzig war sie, im guten Sinn,
auch des Nachts ging sie zum Wecker hin,
die Sommerzeit umzustellen von zwei auf drei.
Eingerichtet war sie einfach und schlicht,
kein fließend Wasser, aber elektrisches Licht",
so schildert's *Edith Meinke* in ihrem *Hohewarte-
Bericht.*

„Schneeflöckchen, Weißröckchen, wann kommst
du geschneit?" so fragt sie und berichtet weiter,
auch vom ,Klärchen', das den Familiennamen
Gerdtz hatte. Das Klärchen war für die Kinder
der Familie Meinke eine richtige *Oma* geworden.

So ging sie auch mit der
kleinen *Edith* und deren Bruder *Joachim* an einem Heiligabend zur Christmette in die
St. Gertrud-Kirche. Durch
hohen Schnee mussten sie
tapsen, denn es hatte über
drei Tage lang geschneit Nach
dem sie nun wieder heimge-
kehrt waren und sich von der
Strapaze des verschneiten Weges erholt hatten,
saß die Familie Meinke mit dem *Klärchen* erwartungsvoll in der Küche. Sie warteten und warteten –, wie es alle Kinder bei diesem Fest tun.

Recht spannende Minuten waren es, die wie zu Stunden wurden. „Wann kommt nun endlich der Weihnachtsmann?", war die berechtigte und aufgeregte Frage aller Anwesenden. Am Tannenbaum brannten schon die Kerzen. Auch der Kartoffelsalat war schon zubereitet und die Würstchen brauchten nur noch heiß gemacht zu werden; es könnte ja nun bald losgehen mit der Bescherung!

„Schöne Bescherung, dass der noch nicht kommt", dachten wohl alle, als die Mutter plötzlich aufschrie: „Ach, ich hab' vergessen Senf zu kaufen! – Würstchen ohne Senf schmecken doch nicht." Sie tat ganz entsetzt und wandte sich ihrem Mann zu und stellte verschmitzt die Frage: „Was machen wir nun?"

„Ich lauf' schnell los, ich hol' den Senf!" antwortete der Vater, und tat's.

„Muss das denn jetzt sein, der Weihnachtsmann kommt doch und du bist dann nicht dabei" riefen die Kinder hinter ihm her. Und natürlich, der Vater war kaum fünf Minuten fort, da polterte es draußen vor der Tür: Der Weihnachtsmann! Nur ein Weihnachtsmann kann das sein, der so poltert. Etwas seltsam war es den Kindern schon in ihrer Magengegend. – Es klopfte an der Tür, die wurde aufgemacht und mit rotem Mantel, roter Zipfelmütze und einem langen weißen Bart trat der Weihnachtsmann herein. Er war da!

„Warum sind Weihnachtsmänner immer so laut?", dachte Edith so vor sich hin; dann sagte sie zu ihrem Bruder, wohl an seine

Streiche denkend: „Ich glaub', Weihnachtsmänner machen immer so'n Krach, um die
Schlingel zu ängstigen, weil die Weihnachtsmänner immer genau wissen, was für Streiche die
Jungs so machen, oder?" und nahm mit dem
rechten Zeigefinger eine drohende Haltung ein –,
aber lächelnd, um ihre eigene Angst zu über-
spielen. „Aber von den guten Taten, die wir Mädchen, vielleicht auch die Jungs machen, davon
reden die Weihnachtsmänner nicht, komisch",
flüsterte sie Joachim ins Ohr.

So war's denn auch. Erst wurden die Gedichte
aufgesagt, etwas holpernd, manchmal stotternd,
weil die Kinder wahrhaftig aufgeregt waren. Dann
war es so, wie Edith vorher geflüstert hatte: Die
Rute wurde drohend hochgehalten, leicht hin und
her geschwungen und jede, aber auch jede Unart
wurde vorgehalten. *"Woher weiß der das alles?"*
fragten sich die Kinder.

Klärchen saß auf der Eckbank, beobachtete die
Bescherung und freute sich mit jedem über die
aus dem großen Sack hervorgeholten Geschenke:
Ein selbstgestrickter Pullover, ein Bilderbuch, ein
Schal, Äpfel ... und was da so alles aus dem
großen Sack hervorkam.

„Wo bleibt Vati bloß?", fragte sich Edith; denn
für ihn packte der Weihnachtsmann ein Paar
handgestrickte Socken aus. Auch Frau Gerdtz,
das gute alte Klärchen, bekam außer Pfefferku-
chen, Äpfeln und Apfelsinen ein großes Paket. A-
ber die übliche Mettwurst oder auch Eingemach-
tes, das sie sonst erhielt, bekam sie diesmal nicht.

„Wie kommt das bloß?, eigentümlich", überlegte sich Edith. Dann wurde Joachim aufge-

fordert, dicht an den Weihnachssack heranzutreten und tief in den Sack hineinzugreifen.

„Gar nich' so einfach, an den Weihnachtsmann heranzugehen –, der Joachim hat doch Mut!" stellte die Schwester fest.

„Oh, is' das doll schwer", rief Joachim und strengte sich an, das Geschenk herauszuholen. Dann war's geschafft.

„Na, was ist denn das?" riefen alle erstaunt. Dann sah man es: Ein Omnibus aus Holz, naturgetreu nachgebildet, und sogar mit einem Anhänger. Einen Motor hat der Bus auch, den man allerdings aufziehen muss. Das is'n Geschenk, doll!

„Danke!" sagte Joachim artig und machte einen *Diener*. Edith aber überlegte sich: „Der Weihnachtsmann schaut nun nicht mehr so böse drein", auch fiel ihr auf, dass dieses Spielfahrzeug so gut verarbeitet war, wie es eigentlich nur ihr Vater hätte machen können, und fragte sich wieder: „Wo bleibt der bloß?"

Dann verabschiedete sich der alte Mann, sah alle nochmals lächelnd an und ging polternd in die dunkle Nacht hinaus.

„Wir waren froh, dass <u>der</u> endlich weg war!" vermerkte Edith, diese Situation nachempfindend, später in ihrem Bericht.

Den Senf hoch in der rechten Hand haltend, kehrte der Vater zurück und erwähnte dabei, dass er noch den Mantelzipfel des Weihnachtsmannes gesehen habe, als der um die Ecke flitzte.

„Das kann wohl sein, dass Vater den Mantelzipfel vom Weihnachtsmann gesehen hat, aber komisch ist doch, dass das Senfglas schon angebrochen ist und so aussieht wie das, welches in der Speisekammer stand", stellte Edith fest. Aber weiter kam sie mit ihren Überlegungen nicht; denn sie sah Klärchen, die still vor ihrem Weihnachtsgeschenk saß –, sie war sprachlos, kein Wort kam über ihre Lippen, aber Freudentränen hatte sie in den Augen. Nun betrachteten alle im Zimmer das Klärchen und wurden still. Sie waren glücklich darüber, dass das alte ausgediente Familienradio einen wahrhaft guten Zweck erfüllte und sie ihrer *Oma* damit eine große Freude bereitet hatten. Ein Rundfunkgerät mit ‚Klaviertasten'! Mucksmäuschen still war es im Raum; alle hatten deswegen eine Ahnung, es sei ein Weihnachtsengel eingetreten.

Nach einer Weile, und nachdem sie den Apparat einige Male gestreichelt hatte, sagte Klärchen: „Am liebsten würde ich jetzt damit zum Friedhof gehen und ihn meinem Franz zeigen."

Indem Mutter Meinke zu Tisch rief, wurden alle in die Gegenwart zurückgerufen

Am zweiten Feiertag, des späten Nachmittags, war Joachim mal wieder so'n richtig aufsässiger Bengel; denn irgend etwas passte ihm nicht. Und dann kam noch sein Bock dazu, den er bei solchen Stimmungen immer hatte. Die Eltern drohten ihm: „Wenn du nicht wieder ein ordentlicher Junge wirst, dann holt der Weihnachtsmann deinen Bus wieder ab, dann bist du ihn los!" rief die Mutter drohend. Aber Drohen nutzte nichts, aber auch rein gar nichts. Dann jedoch, man höre und staune, da guckte doch tatsächlich der Weihnachtsmann durchs Fenster! Da war dann doch ‚Holland in Not', und die Angst vor dem alten Mann und dass der den Omnibus wieder mitnehmen könnte, ergab, dass Joachim ein derartiges Zetergeschrei hervorbrachte, dass sogar der Weihnachtsmann einen Schreck bekam und verschwand.

Doch Edith bemerkte: „Komisch, dass Vati wieder einmal nicht dabei war, und mal wieder zur Toilette gegangen war."

„Ich hab' ihn wieder um die Ecke flitzen sehen, seinen roten Mantel und auch den weißen Bart!" rief, noch außer Atem, Vater Meinke.

An diesem Ort geschah dies alles

Als nun wieder Ruhe eingekehrt und jeder Einzelne mit seiner Weihnachtsgabe beschäftigt war, meinte die Mutter, sie wolle einmal rübergehen zu Frau Gerdtz, um sich nach ihrem Befinden zu erkundigen und um teilzuhaben an ihrer Freude. Vater Meinke hatte tags zuvor dem Klärchen die Bedienung des Radioapparates gut erklärt, so dass sie es schnell begriffen hatte und auch damit umgehen konnte. Mutter Meinke staunte aber nicht schlecht, als sie das Gerät nicht auf der Kommode, wo ihr Mann es hingestellt und auch angeschlossen hatte, sondern nahe der Steckdose am Fußboden vorfand. Auf die Frage, warum der Apparat auf dem Fußboden stehe, behauptete Klärchen:

„Dann braucht er doch nicht so viel Strom!"

DER ERKANNTE WEIHNACHTSMANN

In unserer Weihnachtsstube war es damals,

wie's der Dichter anspricht: „Großmutter, Mutter und Kind", in diesem Fall jedoch mit Vater, „in der *Guten Stube* versammelt sind". Alle waren voller Erwartungen, und gespannt wie die ‚Armbrust'. Das von Mutter geforderte Pensum an Weihnachtsliedern hatten wir schon gesungen. Mutter saß dann am Klavier, spielte und sang. Ich wetteiferte in punkto Lautstärke mit ihr, was das Zeug hielt. Mutter hatte eine kräftige Sopranstimme und ich mit meinem Knabensopran konnte mithalten, bis in die höchsten Höhen des Soprans. Wir sangen gern zusammen und unser Vati stimmte dann stets mit seinem Tenor ein. Nur unsere Großmutter hatte keine kräftige Stimme, die war zart und leise. Stimmungsvoll wiegte sie beim Singen ihren Kopf hin und her und sang immer den dazu passenden Text: *„La, la, la."*

In der *Guten Stube*, die zu damaliger Zeit nur bei Fest- und Geburtstagen genutzt wurde, stand in der rechten Ecke der mit Engelhaar, Lametta, silbernen und bunten Glaskugeln sowie Schokoladenkringeln behangene Tannenbaum. Die Lichter waren schon angezündet, aber der Gabentisch war noch völlig leer. Nur eine weiße Tischdecke, die Mutti bestickt hatte, lag darauf. Dann kam der erwartete Augenblick: Im Treppenhaus polterte es, genauso wie bei Meinke's. Es klopfte. Die Tür wurde geöffnet und der erwartete Weihnachtsmann trat herein. Nur mit Mühe und unter Stöhnen setzte er den großen schweren Sack ab, stellte sich dann aufrecht hin und begann seine Litanei mit der üblichen Frage, ob wir auch immer artig gewesen seien. Doch er wusste schon alles; denn er zählte alles an Untaten genau so auf, wie Jahrzehnte später der Weihnachtsmann der Familie Meinke in Hohewarte. Weihnachtsmänner scheinen allwissend zu sein.

Als er an meinen Bruder *Wiwi* herantrat, um ihm seine Geschenkpakete zu überreichen, da gab es ein Geschrei und ein Zittern und Zagen. Es verschlimmerte sich derart, dass unser Wiwi noch Tage später hohes Fieber hatte. Der Weihnachtsmann aber bekam einen gewaltigen Schreck und erschien nie wieder in unserer Familie. Ihm ist's sicherlich ähnlich ergangen wie dem Weihnachtsmann der sich auch erschreckt hatte, als der Junge Joachim in Hohewarte sein Geschrei veranstaltete.

Danach hatte Wiwi keine Furcht mehr; denn der Weihnachtsmann wurde für tot erklärt!

Ob man es vermutet oder nicht: Der Weihnachtsmann wurde wieder ins Dasein erweckt. Aus dem derzeitigen kleinen Kreis wurde eine Großfamilie mit Kind und Kindeskind, wie es in den meisten Familien so üblich ist. Es nahte wieder ein Heiligabend heran und das ungeschriebene Familiengesetz besagte: Die Feier findet bei den Großeltern statt! Dann kam die Frage nach dem Weihnachtsmann, ob und wer, und ob überhaupt. Die Entscheidung war getroffen: *Er* sollte auftreten, aber wer? Das Los fiel auf mich. Also die entsprechende Kleidung beschaffen und sich auf einen 'Alten Mann' einstellen. Ich spielte mich in diese Rolle ein. Wollte aber weder poltern noch eine Rute schwingen. Auch keine Untaten aufzählen, da es nichts bewirkt. Ein *freundlicher Weihnachtsmann* will ich sein! Auch kein sprichwörtlich richtiger!

Es ging los! Alle hatten sich in der Küche und dem langen Korridor versammelt, und ich mich, ,wohlgestaltet(!)', im großelterlichen Schlafzimmer versteckt. Als dann meine Mutter, die jetzige Großmutter, am Klavier das Lied *Ihr Kinderlein kommet* anstimmte, welches das Signal zum Eintritt in die Weihnachtsstube war, marschierten alle los. Das Pensum der Weihnachtslieder wurde, wie gewohnt, abgesungen, nur ich war nicht dabei, da ich eine Aufgabe zu erfüllen und auch keine helle Knaben-Sopranstimme mehr hatte. Endlich kam das Schlußlied: *Vom Himmel hoch da komm ich her ...*, allerdings dachte man bei diesem Lied nicht an mich, nein, ich war ja im Schlafzimmer. Jedoch es war das Signal für *meinen* Auftritt.

In der Türöffnung stehend und dort verbleibend, schaute ich die Runde an –, und die mich. Nichten und Neffen sagten dann ihre Gedichte auf. Der Reinhard war sehr aufgeregt, ein wenig ängstlich und musste von seiner Mutter unterstützt werden. Klaus hatte lediglich einen kleinen Vierzeiler aufzusagen, auch das gelang nur mit mütterlicher Unterstützung. Aber die Mädchen, Kerstin und Astrid, die konnten ihr Gedicht bis zum Schluss aufsagen, so dass ich mich verwunderte. Ich hatte das nie gekonnt. Mit der tiefsten Stimme, die mir möglich war, spielte ich nun den *gütigen* Weihnachtsmann mit Lob für alle guten Taten und dem Hinweis, so weiter zu machen; denn wir sollen uns doch über die Menschwerdung des ewigen Gottes freuen. Der Reinhard, der vorher etwas zögernd und ein wenig ängstlich war, lächelte, schaute mich von unten bis oben an und schmunzelte. Warum? Das ging mir erst später auf.

Da Kirchenmusiker sonderlich am Heiligen Abend viel zu musizieren haben, war ich dann nach dem Gottesdienst schnell ins elterliche Haus gekommen und hatte keine Weihnachtsmann-Stiefel sondern meine *Orgeltreter* an. Dann nur zügig in Mantel und Mütze mit Bart –, und los!

Als ich nun von dieser feierlichen Runde fortgehen wollte und mich verabschiedete, sagte Reinhard mit heller Knabenstimme in fester Überzeugung und ohne Angst: *„Tschüß, Onkel Alexander!"* An den Schuhen, den **Orgeltretern,** hatte er mich erkannt.

VIGILIE ZUR WEIHNACHT

Still ist's, nachtstill. Auch in mir ist's still. Frischer Schnee bedeckt stimmungsvoll wie auch weihnachtlich das Gelände. Die elektrischen Kerzen an der Tanne vor der Terrasse leuchten. Sie erhellen die Weihnacht. Weit in den Garten hinein, wo ebenfalls Stille herrscht, scheint das Licht. Die Wipfel der hohen Tannen winken mir nicht zu, wie bisher; nein; denn sie wetteifern mit der Kirchturmspitze unserer Kapelle, um aufwärts zu  streben in den leicht bewölkten Nachthimmel. Stellenweise schimmern Sterne hervor, als Zeichen des weiten Raumes und der Ewigkeiten. „Erhebt zum Himmel eure Augen und blickt auf die Erde unten!" ruft uns Gott durch den Propheten Jesaja zu (Jes 51,6a). Dieser Ruf zu den Menschen weist hin auf das zukünftige Sein in Gott und deutet ihn als Geschöpf Gottes in der Zeit. In einer begrenzten Frist steht der

Geschaffene dem Schöpfer gegenüber, wie es im Gebet des Mose heißt[2]:

2 Du, Gott, warst schon,
bevor die Berge geboren wurden
und die Erde unter Wehen entstand,
und du bleibst in alle Ewigkeit.
4 Für dich sind tausend Jahre wie ein Tag,
so wie gestern – im Nu vergangen,
so kurz wie ein paar Nachtstunden.
10 Siebzig Jahre sind uns zugemessen,
wenn es hoch kommt, achtzig –
doch selbst die besten davon
sind Mühe und Last!
Wie schnell ist alles vorbei,
und wir sind nicht mehr!
12 Lass uns erkennen,
wie kurz unser Leben ist,
damit wir zur Einsicht kommen!
14 Lass uns jeden Morgen spüren,
dass du zu uns hältst,
dann sind unsere Tage erfüllt
von Jubel und Dank.

Zeit –, in dem Bereich des fest umrissenen Lebens ist sie erfüllt mit der spannungsgeladenen Vielseitigkeit durch Momente menschlichen Daseins. Darum ist es stets an der Zeit in sich selbst zurückzukehren, um aufzuspüren, was das von Gott geschenkte Leben bewirkt hat. Gott allein ist aber der Wirkende. Wir, Geschöpfe Seiner Hand, dürfen *Mitwirkende* sein. Aus diesem Grunde möchte ich einmal aufzeigen, wie man mitwirken darf.

---

[2] Psalm 90 nach der Übersetzung „Gute Nachricht Bibel"

Heute, zur Weihnacht, konnte ich wieder meinen Dienst als Organist ausführen, altvertraute Melodien weihnachtlicher Lieder vortragen und die Gemeinde beim Psalmen- und Hymnengesang begleiten. Still klingt's in mir nach. Musik von außen möchte ich nicht hören. – Was aber könnte ich jetzt noch verrichten, hellwach, wie ich bin. Die Zeit mit "In-die-Röhre-Schauen" vertreiben? Was wird denn angeboten? Das Programmheft[3] gibt mit Überschriften einen Querschnitt und schlägt vor: „Bei guten Freunden Weihnachten verbringen!" Sind das aber gute Freunde, die beim Western in der "Bonanza" rumballern, eine "Stadt in Flammen" aufgehen lassen und mit "The Stepfather" einen Horrorthriller präsentieren? Oder aber mit "Nothing in Common – sie haben nichts gemeinsam", einer Tragikomödie, dann noch "Allein gegen den Weihnachtsmann" kämpfen? – Es stellt sich die Frage, die gleichzeitig eine Feststellung sein kann: „Wie weit ist man von dem eigentlichen Thema der Weihnacht entfernt?!"

Die offiziellen Fernsehprogramme lassen noch etwas davon anklingen. Im **"Ersten"** geht es "Mit dem Wunder in der Wüste" los, und dann wird eine "Traumreise auf dem Irrawaddy" in Birma gemacht, und von dort fährt man zu "Onkel Remus' Wunderland". Bei der Weiterfahrt gibt es dann einen kleinen Aufenthalt, um an der "Evangelischen Christvesper" live in Cottbus teilzunehmen. Danach muss man sofort, aber bitte beeilen, in "Das fliegende Klassenzimmer" einsteigen, damit man die "Stille Nacht, heilige

---

[3] Aus dem Programmheft 1994

Nacht" in Birnau am Bodensee noch pünktlich erreicht, wo dann ein festliches Weihnachtskonzert in der Wallfahrtskirche stattfindet. Und nachdem "Ein Nikolaus für alle Fälle" dann "Milch und Schokolade" ausgeteilt hat, die Schauergeschichten der TAGESSCHAU berichtet sind und "Das Wort zum Sonntag" gesprochen ist, wird wahrhaftig jeder, ohne Ausnahme, das "Geborgen in der Familie" miterleben.

Das **"Zweite"** verhält sich ähnlich: Indem "Pingu" Weihnachten mit "Vielgeliebten Hummelfiguren" feiern darf und neue "Ansichten" grenzenlos über Aachen anschauen lässt, wird mit dem "Zauber der Mechanik" "Der Schneemann", "Das kleine Gespenst" und mit "Kim, (vom) Geheimdienst in Indien", ein "Nervenkitzel" aufkommen, der sich gewaschen hat. Dann aber, man höre und staune, ruft es durch die Lüfte: "Freue dich, 's Christkind kommt" in "Die Schwarzwaldklinik" und dort erklingen dann "Weihnachtslieder" aus Wernigerode im Harz. Ein "Sieben-Meilen-Stiefel-Sprung" von Gebirge zu Gebirge! So leicht ist es, nicht wahr? Zum "Guten Abend" wird "heute" vom "Wetter" berichtet, wie es sein wird. Ob's so sein wird? Ob's schneit, ob's stürmt, auf alle Fälle: "Sie haben eine Herberge" in einem Luxushotel ergattert, um dort "Das Geschenk" entgegenzunehmen. Dort dann, aber nur dort, ist "heute" "... Friede auf Erden!" Dieser Friede führt jedoch auf "Die seltsamen Wege des Pater Brown" und alle Anwesenden bewegt die bange Frage: "Wie klaut man eine Million?" Das Resultat des Tages ist wahrhaftig sehr ergreifend; denn: "Kleine Gangster, (kriegen) große Beute!"

Eine Weihnacht *"Anno Domini" 1994,* – wahrlich?

Plötzlich laufen meine Gedanken dem Vergangenen nach. Ich stehe auf, gehe an das Bücherregal und greife ins ‚volle Bücherleben' hinein. Hier erwische ich die Chronik des Soldaten-Bibelkreises in Oslo 1941 - 1946.

„Wie viele Jahre darfst du deinem Gott und den Menschen mit der Musica sacra dienen?", stellt sich mir die Frage. Ich blättere und blättere in dem Büchlein. Hier steht's: Die **erste** Chorprobe, die ich leiten durfte, war am 20. Oktober 1942. Zwanzig Choristen, Sängerinnen und Sänger, fanden sich in der Kapelle der 'Deutschen Evangelischen Kirche' in Oslo ein. Unsere Proben richteten wir auf das bevorstehende Weihnachtsfest aus, und mit den – bedingt durch Heimaturlaub – vierzehn verbliebenen Chorgliedern haben wir zum Christgeburts-Gottesdienst mit Sätzen Alter Meister Gott loben und preisen dürfen.

Meine offizielle Tätigkeit als Kirchenmusiker hatte schon im Frühjahr desselben Jahres begonnen. Der als ‚Kriegspfarrer' eingesetzte Prof. Keyser stellte mir die Frage, ob ich bereit wäre, den Wehrmachts- und Zivil-Gottesdienst an der Orgel zu begleiten, da der norwegische Organist erkrankt war. So fing es an; im Krieg. Bis in den Spätherbst 1944 durfte ich jeden Sonntag auf der Orgelbank meinen Dienst tun. Die seinerzeit sonntäglich in der Kirche zu Oslo versammelte Gemeinde konnte sich in der bedrängenden Wirklichkeit der Kriegsjahre unter Gottes Wort und Sakrament sammeln und trösten. Dies war der Anfang meines Kirchenmusiker-Seins. Seit mehr als einem halben Jahrhundert darf ich als ‚Mitwirkender' des HErrn mit der *Musica sacra* in Seiner Kirche meinen Dienst versehen. Dankbar sinne ich dem nach.

„Ich rufe zu Gott dem Allerhöchsten, zu Gott, der meine Sache zu einem guten Ende führt" (Psalm 37,3). „Wenn wir dieses Psalmgebet dem Joseph, dem Verlobten Maria's, in den Mund legen; denn im Evangelium spricht er ja nicht, sondern handelt nur entsprechend, und das Loblied Mariens: ‚Meine Seele erhebt den HERRN und mein Geist freut sich Gottes, meines Heilandes; denn ER hat die Niedrigkeit SEINER Magd angesehen' (Luk.1,46-48) als Bekenntnis ihres sieghaften Gottvertrauens verstehen, dann erleben wir, wie zwei junge Menschen aus Gehorsam gegen Gottes Weisung und Verheißung (Matth.1,18 ff + Luk. 1,26) in einen gesegneten Dienst gestellt werden, der für viele Menschen, ja, die gesamte Menschheit zum Segen wird. Beiden wurde eine ungeahnt schwere Verantwortung für- und miteinander aufgelastet, ging es doch gewiss um ein einmaliges, oder besser erstmaliges Ereignis im Heilsplan Gottes", so schreibt mir mein treuer theologischer Weggefährte Heinz Johannsen[4] und stellt die Situation, von der die Weihnachtsbotschaft berichtet, unter ein neues Licht.

„Ihr Kirchenmusiker müsst doch immer, wenn es um die Musik im Kirchenjahresablauf geht, stets fleißig dieselben Stücke üben, wir als Prediger hingegen können dasselbe Thema von Mal zu Mal anders ausleuchten und auf den

---

[4] Heimgerufen am 9. Sept. 2000

Punkt bringen." So sagte er einmal zu mir, und so ist's! Auch bei dieser Darstellung. Joseph, der sonst nichts zu sagen hatte, von dem wenig in der Bibel geschildert ist, ihm wurde vom Theologen ein biblischer Text in den Mund gelegt, der seinen Handlungen entsprach.

Umrahmt von schönen Weihnachtsliedern hören wir den vertrauten Text des Weihnachtsevangeliums. Da es sich um ein Neugeborenes handelt, ist es ein rührendes, gemütvolles Ereignis, in der sogar singende Engel vorkommen. Doch wie erbarmungslos die Eltern dieses Kindes behandelt, ja um des Kindes willen verfolgt wurden, wird fast gar nicht, weder in die musikalische noch in die bildhafte Betrachtungsweise dieses Geschehens, mit einbezogen.

Übrigens war ich auch einmal ein *Joseph* und hatte nichts zu sagen! Aber *handeln* durfte ich. Es war das erste Weihnachten *im Frieden*, 1945. Seit etwa sechs Wochen wieder daheim –, und doch nicht zu Hause. Bei Verwandten waren mein Vater und ich gemeinsam untergebracht. Die elterliche Wohnung war ausgebombt. Ich wurde wieder einmal ein Vertreter, allerdings kein Klinkenputzer. Vertretungsweise sollte ich den Gottesdienst an der Christus-Kirche in Groß-Flottbek übernehmen. Auch diesmal war der Organist erkrankt. Eine dreimanualige Orgel in einem gut spielbaren Zustand zu spielen, das war ein besonderes Erlebnis. Doch das innigste Erleben war, in die klaren und schönen Kinderaugen zu schauen, welche vom Knabenchor mich ansahen, der unter meiner Leitung die Ordinariumsstücke sang. Das waren mit die schönsten

Adventssonntage, die ich als *Mitwirkender* erfahren konnte.

Zum Weihnachtsfest war der zuständige Organist wieder gesund. Er nahm seinen Dienst wieder auf. Ich aber sollte wiederum einen Vertretungsdienst übernehmen; denn *Joseph* war krank geworden. Die Krippenspiel-Leiterin, die Frau des Pastors, sagte zu mir: „Das können Sie ruhig übernehmen, da Sie ja nichts zu sagen haben! Nur lieb dreinschauen, das ist alles." Was mir dann auch gut gelang. Während ich nämlich so bei der Krippe stand, die hübsche junge ‚Maria' betrachtete und mir die Puppe in der Krippe ansah, dachte ich an meine Mutter, die mit meinen Geschwistern evakuiert worden und in der Sowjetischen Besatzungszone untergekommen war.

Meine 14 Jahre jüngere Schwester Ingrid und den 19 Jahre jüngeren Bruder Horst hatte ich seit der Ausbombung 1943 nicht mehr gesehen. So betrachtete ich das Schauspiel von meinem Stehplatz aus mit Wehmut und einer gewissen Portion väterlicher Gedanken. Und dieses mich

damals überwältigende Gefühl verursachte wohl, dass es mir möglich war, ohne zu sprechen, *Joseph* mit einem so passenden Mienenspiel darzustellen, dass die Leiterin danach sagte: „Einen solch liebe- und hingebungsvollen Joseph habe ich noch nie gesehen."

Ja, siehste! So kann man bei einer *stillen Nachtwache,* einer Weihnachts-Vigilie, erkennen, wie man *Mitwirkender* sein kann und darf.

Der Kinder Herzen sind wie Wachs,
und ein Stück Wachs läßt sich um die Finger wickeln,
wenn es erwärmt wird.

Peter Rosegger

DAS WEIHNACHTLICHE ZÜGELWORT

Es begab sich aber zu der Zeit als der Generalfeldmarschall Paul von Beneckendorff und von Hindenburg Reichspräsident Deutschlands, Max Brauer Stadthalter von Altona und die Winter noch Winter waren, da hatten sich an einem Heiligabend die Glieder der Kirchengemeinde zu Altona andächtig in der Kirche vereint. Sie lauschten dem stimmungsvollen Orgelspiel zur Weihnachtszeit.

Draußen war es kalt, recht kalt und reichlich Schnee lag in den Straßen. Es war so kalt, dass sich an den Fensterscheiben phantastische Eisblumen bildeten. Aber in der Kirche war es warm, gemütlich warm, hier konnte man es gut aushalten. Die beiden hohen zylindrischen Eisenöfen verbreiteten eine angenehme Wärme. Sie waren, einer zur Linken und einer zur Rechten, im vorderen Drittel des Raumes an den Wänden aufgestellt. Das war von meinem Großvater, dem Schlossermeister *"Hämmerlein"*, scharfsinnig durchdacht; denn in den hinteren Bankreihen wollte keiner der Gottesdienstbesucher sitzen, da es in der Eingangszone kühl und zugig war. Alle saßen gern weiter vorn. Natürlich der Wärme wegen. Oder könnte es doch so sein, wie es sich

75

jeder Geistliche wünscht: *„Näher mein Gott zu dir!"*?

Ich musste auch vorn sitzen, ganz vorn, in der ersten Bankreihe und das mit anderen Kindern zusammen. Denn es sollte eine Kinderkatechese gehalten werden. Diese Unterweisung wurde, wie gewöhnlich, von dem Ältesten der Gemeinde, dem Priester Meier, durchgeführt. Und nun ging es los! Wir, die Gemeinde, standen auf; so sind wir es gewohnt, wenn ‚Diener Gottes' aus der Sakristei kommen. Herr Meier war in Schwarz, nicht in Weiß, wie sonst. Er hatte nur den Talar an und nicht die schönen weißen Gewänder zur Eucharistiefeier. Nach dem Weihnachtslied *„Es kam die gnadenvolle Nacht"*, das an dieser Stelle immer gesungen wurde, berichtete er sehr lebendig, wie es so war mit der Geburt unseres Heilandes. Besonders aber wies er darauf hin, warum das **so** sein musste. Das haben wir auch gut verstanden. Danach aber kam stets etwas, was mir so richtig auf den *Wecker* ging, die ewige *Fragerei.* Es wurde geprüft, ob wir alles verstanden hätten, und man wollte natürlich von uns die *richtigen* Antworten hören. Ob die immer *richtig* waren? Manches Mal lachten die Zuhörer, oder es ging ein Raunen durch die Kirche. Nun, ich mochte mich nicht so gern da vorn hinstellen und etwas sagen. Das lag mir nicht, und auswendig etwas aufsagen, o nein, das bloß nicht. Soll ich mich blamieren? Etwas auswendig lernen fiel mir schwer, es blieb im Kopf nicht haften. Aber Gertrud, die konnte es, das lief ihr nur so aus'm Mund, und alles richtig, o Mann, hab' ich die beneidet.

Doch wie alles ein Ende hat – auch dies ging zu Ende. Es begann die Pause vor der Christvesper. Alle Kinder setzten sich zu ihren Eltern. Ich aber, ich konnte endlich wieder meinen *angestammten* Platz einnehmen. Und der – ja der – der war oben auf der Chorempore – ganz oben. Von dort konnte ich alles überblicken, von *meinem* Platz. Hier konnt' ich Orgel spielen, ja richtig Orgel *spielen*. Die Kniebank war meine ‚Orgelbank', die Sitzfläche der Bank war das ‚Manual', und hier saß ich nun und spielte die Gottesdienste, so wie mein Onkel Heinrich, richtig mit Händen und Füßen. Es gab immer viel zu tun und die Zeit verlief sehr schnell; denn man kam ja eigentlich nicht zur Besinnung. Wenn auch die kürzeren Dienste nicht so anstrengend waren, so waren die Dienste der Heiligen Eucharistie doch weitaus strapaziöser; denn teilweise musste der Chor begleitet, die Gemeinde angeleitet und dem Zelebranten die richtigen Einsätze zur rechten Zeit gegeben werden. Au wei, da war was los! Als *Organist* musste man wahrhaft stets aufpassen, damit man den Einsatz nicht verpasste. Es war richtig *Arbeit*, doch schön zugleich.

Wiwi aber, mein Bruder Wilhelm, damals vier Jahre, saß bei meinem Vater. Der sang mit bei den Tenören. Alle Sänger hatten dunkle Anzüge an, und die Sängerinnen waren feierlich ange- zogen, so auch meine Mutter. Ich fand es schön und halte es auch heute noch für richtig und angemessen, die rechte Kleidung zu dem ent- sprechenden Anlass. Nun aber leuchtete zwischen der dunklen Kleidung der Sänger, wie mit einem schimmernden Glanz umgeben, der hübsche blonde Haarschopf meines Bruders hervor, mit *lockigem Haar.* Bei unserem Vater saß er also und er war entgegen seiner sonstigen Gepflogenheit aufmerksam und ruhig. Es gab ja so vieles zu betrachten; denn im Altarraum standen zwei hohe, überaus schön geschmückte Tannenbäume mit brennenden Kerzen. Das war ein interessanter und angenehmer Anblick. Die vielen flackernden Kerzen, die in den Bäumen untergebracht waren, konnten einen Jungen schon dazu anregen sich die Frage zu stellen: „Wie viele das wohl sind, und wie man die bloß auspustet –, und ob wohl eine davon den Baum anzünden kann? Was dann wohl alles passiert, wenn's brennt? Oh, Mann!" Elektrische Kerzen gab es damals noch nicht, o nein.

Nun begann die Christvesper. Dann, nach den einleitenden ordentlichen liturgischen Teilen des Gottesdienstes, begab sich der Diakon Schmidtke zu dem Lektionspult. Übrigens, er unterrichtete uns im Kinderunterricht. Obwohl er von Berufs wegen ein Bauernknecht war, konnte er den Religionsunterricht sehr lebendig mit vielen Geschichten aus dem *wirklichen* Leben gestalten. Er machte uns Kinder auf die Schönheiten in der Natur aufmerksam, ging mit uns in die Parkanlagen und erklärte uns, warum und weshalb Strauch, Baum, Vogel und Tiere so sind, wie sie sind und von Gott geschaffen wurden. Wir Menschen aber von Gott, dem Schöpfer aller Dinge, Gebote erhalten haben, um Liebe zu allem Geschaffenen sowie Gehorsam gegenüber Gott und den Eltern zu üben. Es sei die von Gott gegebene Verheißung und die Aufgabe aller Menschen, als Kinder Gottes zu Königen und Priestern der Ewigkeiten heranzuwachsen. Wir liebten ihn geradezu, seine Einfachheit fesselte uns. –

Jetzt aber verlas er aus dem Weihnachtsevangelium die Ankündigung der Geburt Jesu, die der Engel Gabriel der Maria überbrachte, und in diesem Lukasevangelium gibt es die Textstelle wo es heißt: *„Maria aber sprach: 'Siehe ich bin des Herrn Magd; mir geschehe, wie du gesagt hast.' Und der Engel schied von ihr."*

Mit Andacht hörten alle die Worte dieser Botschaft, obwohl allesamt den Text kannten. Mein Bruder aber, der hörte nur ein einziges Wort und das war ihm wohlbekannt, weil er dieses Wort auch vielfach anwandte. Darum rief er – und alle hörten es: „Papa, ein Zügelwort!" Er stieß unseren Vater an, zeigte selbstgefällig auf den Diakon und erklärte triumphierend: *„**Schiet**' hett he segt!"*

Alle Chorglieder aber wussten, was ein *Zügelwort* ist, und sie hatten Mühe sich des Lachens zu enthalten; denn ein *Zügelwort* ist nicht ganz stubenrein. Mein Bruder *Wiwi* liebte kräftige Ausdrücke, wie sie in der plattdeutschen Sprache gebraucht werden. Von den Fischern und den Arbeitern, die am Hafen waren, hatte er die deftigen, auf Plattdeutsch gebräuchlichen Ausdrücke aufgeschnappt. Unsere *Mutti* aber sagte dann stets zu ihm, sobald er sich solcher Ausdrücke bediente: „Wiwi, zügel' deine Worte!"

Unsere jüngere Schwester Ingrid aber, die nichts vom *Zügeln* verstand, rief jedes Mal, wenn Wiwi kräftige Ausdrücke aussprach: „Mami, Wiwi sagt schon wieder Zügelwörter!"

Und nun ein *Zügelwort* in der Kirche, und das von einem Diakon, das war Wasser auf der Mühle für unseren Wiwi!

TAGESNEIGE

Am Meeresgestade kommt vor der Nacht,
gar sacht,
Dämmerung auf.
Seit ewigen Zeiten nun wied'rum beginnt,
geschwind,
so wundersam mild, ein leuchtendes Bild.
Es säuselt der Wind, – sehr lind.

Die Sonne sie gehet nach glühendem Tag,
gar sacht,
ins Schlafgemach.
Die Wolken nun tragen in strahlendem Gold,
so hold,
kristallenklar rein, den Wunderschein.
Es säuselt der Wind, – sehr lind.

Des Tages Unrast und Wirrnis der Zeit,
gar sacht,
sinket ins Meer.
Gutes und Böses die Sonne beschien,
hienie'n.
Faltet die Hände, 's ist Tagesende!
Es säuselt der Wind, – sehr lind.

Die Sterne leuchten mit silbernem Schein,
gar sacht,
in reiner Pracht.
Sie künden vom Morgen der Ewigkeit,
ohn' Zeit.
Unendliches Licht verlässet uns nicht.
Es säuselt der Wind, – sehr lind.